Richard Lehmann

Forschungen zur Geschichte des Abtes Hugo I von Cluny (1049-1109)

SALZWASSER
VERLAG

Richard Lehmann

Forschungen zur Geschichte des Abtes Hugo I von Cluny (1049-1109)

1. Auflage | ISBN: 978-3-75250-859-8

Erscheinungsort: Frankfurt am Main, Deutschland

Erscheinungsjahr: 2020

Salzwasser Verlag GmbH, Deutschland.

Nachdruck des Originals von 1869.

FORSCHUNGEN ZUR GESCHICHTE

DES

ABTES HUGO I VON CLUNY

(1049 — 1109).

INAUGURAL-DISSERTATION

ZUR

ERLANGUNG DER PHILOSOPHISCHEN DOCTORWÜRDE

AN DER

UNIVERSITÄT GÖTTINGEN

VON

RICHARD LEHMANN
AUS NEUZELLE.

GÖTTINGEN,

VERLAG VON VANDENHOECK & RUPRECHT.

1869.

Inhaltsverzeichniss.

Abkürzungen.

Bibl. Clun. = Bibliotheca Cluniacensis, ed. Marrier et Quercetanus. Lutetiae Parisiorum 1614. Nicht alle Exemplare sollen die Notae Quercetani ad Bibl. Clun. mit enthalten: ein vollständiges findet sich in der Berliner Königlichen Bibliothek.

Boll. = (Bolland) Acta Sanctorum. Apr. = Aprilis. Ich citire stets die erste Ausgabe, Antwerpen 1643 ff.

Migne = Migne, Patrologiae cursus completus, series latina. Band 159 dieser Sammlung enthält eine Menge von Material zur Geschichte Hugo's; weil aber der Druck sehr incorrect ist, citire ich dasjenige, wovon ich auch andere, bessere Ausgaben in Händen gehabt habe, in der Regel aus diesen.

Mab. An. = Mabillon, Annales ordinis S. Benedicti. Den vierten und fünften Band habe ich aus der ersten Ausgabe, Luteciae Parisiorum 1703—1739, den sechsten aus der durch Martène veranstalteten editio prima Italica, Lucae 1736 — 1745 benutzt.

Jaffé = Jaffé, Regesta pontificum Romanorum. Die Zahl giebt die Nummer der Urkunde an.

I. Die Biographen Hugo's *).

§. 1.

Allgemeines über dieselben.

Erhalten sind uns vier eigentliche vitae [1]), ein metrischer Auszug aus einer derselben [2]), und eine Sammlung einzelner Züge aus Hugo's Leben [3]). Von zwei anderen vitae wissen wir nur die Namen der Verfasser [4]).

Von diesen acht Schriften sind sechs bestimmt in den ersten beiden Jahrzehnten nach Hugo's Tode entstanden, und von den Verfassern der beiden übrigen [5]) ist derjenige, welchen ich für den späteren halte [6]), noch einige Zeit unter Hugo Mönch gewesen.

Fragt man nun, wie es denn komme, dass Hugo's Leben überhaupt, und noch dazu in verhältnissmässig doch kurzer Zeit,

---

*) Erst nach dem Abschluss der vorliegenden Arbeit ist mir das Werk von Pignot, Histoire de l'ordre de Cluny depuis la fondation de l'abbaye jusqu'à la mort de Pierre-le-vénérable [909—1157], Autun und Paris 1868, 3 vol. 8., in die Hand gekommen. Es entbehrt der nöthigen Sorgfalt in der Forschung, und daraus ergeben sich mancherlei Irrthümer, auf die im Einzelnen einzugehn hier nicht mehr möglich ist. Rücksichtlich der vitae Hugonis nimmt Pignot (II. 343—346) ohne weitere Prüfung lediglich die Ansicht Papebroch's an. Auch im Uebrigen bleiben die Resultate meiner Forschungen bestehn. Das wenige, was ich bei Pignot Neues von Belang finde, wird, so weit es durch Quellen belegt ist, am gehörigen Orte erwähnt werden.

[1]) Von Rainald, Hildebert, Mönch Hugo und Anonymus primus.

[2]) Von demselben Verfasser, Rainald.

[3]) Von Anonymus secundus.

[4]) Ezelo und Gilo.

[5]) Anonymus primus und Anonymus secundus.

[6]) Anonymus secundus.

eine so seltene Zahl von Beschreibern gefunden hat, so musste
ja allerdings die vielbewegte Zeit, in der Hugo lebte, seine
sechzigjährige so vielseitige Wirksamkeit in einer Stellung, vermöge deren er selbst an dem damals werdenden Stück Geschichte einen nicht unerheblichen Antheil zu haben berufen
war, so musste alles dieses ja seine hervorragenden Geistesfä-
higkeiten wie Charakteranlagen nicht allein zur vollsten Ent-
wickelung kommen, sondern auch in das hellste Licht treten
lassen. Auch mochten die Besseren der Cluniacenser in der
Zeit des hereinbrechenden Verfalles — und der beginnt schon
unter Hugo's Nachfolger Pontius (1109—1122), und schreitet
dann trotz der Gegenanstrengungen des Abtes Petrus des Ehr-
würdigen (1122—1156) unaufhaltsam vorwärts — in Gedanken
gern bei Hugo verweilen, und mit Liebe und Sehnsucht an
sein weises Regiment, an das allgemeine Wohlbefinden, an die
Zucht und Ordnung unter ihm zurückdenken. Indess wir wür-
den doch sehr irren, wollten wir jene Lebensbeschreibungen
nur als Denkmäler betrachten, welche die bewundernde Nachwelt einem grossen Manne, welche die Liebe und Pietät der
Jünger dem Meister, und dadurch zugleich einer mit ihm ver-
lorenen besseren Zeit gesetzt hat. Ohne Zweifel haben die erwähnten Motive mitgewirkt, aber weit mehr in den Vorder-
grund treten doch Tendenzen anderer Art. Wir erkennen sie
deutlich in der Art des Stoffes und der Darstellung desselben.
      Schon ein flüchtiger Blick in diese Viten zeigt, dass es
den Verfassern nicht auf die Darstellung historischer Thatsachen, wenig auf die Erzählung des äusseren Lebensganges Hugo's ankommt. Die christlichen, und speciell die mönchischen
Tugenden sind es, deren Darlegung ihnen am Herzen liegt,
und den bei weitem grössten Raum nehmen Wundergeschichten
ein. Die äusseren Thatsachen aber, die weltlichen Verhältnisse
und Beziehungen werden nur so weit herangezogen, als sich
darin die hervorragenden Eigenschaften Hugo's, oder die hohe
Verehrung erkennen lässt, welche die Grossen der Erde ihm
entgegen brachten, oder aber auch Wunderthaten sich damit
verknüpfen.
      Ja natürlich, könnte man sagen, dem Mönch erscheinen
vor allen die mönchischen Tugenden bewunderungswürdig, und

für die an und für sich schon lebhafte Phantasie des Franzo-
sen, welche damals noch durch die aus den Kreuzzügen wie
aus den Maurenkämpfen in Spanien kommende überschwänglich
reiche Nahrung auf das Höchste gespannt und erregt war, hatten selbstverständlich Wunderthaten viel mehr Interesse, als
der nüchterne natürliche Verlauf der Dinge. Indess das Plan-
mässige der Gruppirung dieser Wundergeschichten, die Anordnung derselben unter gewisse allgemeine Gesichtspunkte, ihre
Verwendung zum Beweise bestimmter über Hugo aufgestellter
Behauptungen, wie wir dies alles bei den besseren, endlich die
oft an die Wundererzählung angeknüpften Erwägungen über
den Werth und die Grösse des betreffenden Wunders, und über
die daraus zu ziehenden Schlüsse, wie wir dies auch in den
minder planvoll angelegten Viten finden — dies alles beweist,
dass den Verfassern doch ausser dem blossen Gefallen an den
Wundergeschichten bei Aufhäufung derselben noch ein bald
mehr bald minder klar bewusster andrer Zweck vor Augen
schwebte.

Der Anonymus secundus sagt zu Anfang seiner Sammlung:
„Multa in diebus S. Hugonis evenerunt in loco Cluniacensi
signa digna memoratu, ... in quibus potest captari et aedificatio filiorum, et paternae virtutis clarificatio, cui adscribenda
sunt meritorum suorum insignia." [7]) Aber das erste der beiden hier angedeuteten Motive, die religiöse Erbauung der Mönche von Cluny, tritt doch im Allgemeinen ebenfalls zurück gegen das zweite.

Der Hauptzweck der Biographen ist, das sieht man deutlich, Hugo's wirkliche Heiligkeit darzuthun, und ihr in der allgemeinen Meinung Glauben zu verschaffen, sei es nun, dass es
sich darum handelte, durch Belege dafür die kirchliche Heiligsprechung zu erwirken — welche auch wirklich schon elf Jahre
nach Hugo's Tode stattfand — sei es, die bereits geschehene
in ihrer vollen Berechtigung, den Canonisirten als einen recht
grossen Heiligen zu erweisen, und seinen Ruhm in möglichst
weiten Kreisen zu verbreiten.

Wenn nämlich schon in anderen Corporationen der Ruhm

---

[7]) Bibl. Clun. p. 447.

eines hervorragenden Mitgliedes zugleich der Ruhm des Ganzen
ist, und dadurch auch wieder jedem andern einzelnen Mitgliede
zu Gute kommt, wie viel mehr musste dies nicht bei Kloster-
genossen der Fall sein, deren enge Zusammengehörigkeit fast
die der Familie übertraf? So trieb schon, bewusst oder unbe-
wusst, das Streben nach Befriedigung des Selbstgefühls, die
Eitelkeit, die Rivalität mit anderen Klöstern zur Verherrlichung
des grossen Bruders, zur Verherrlichung natürlich nach der
Seite hin, die dem Mönch die höchste schien.

Vor allem aber brachte auf der andern Seite die Erlangung
eines neuen mächtigen Heiligen für ein Kloster die grössten
materiellen Vortheile. Um so wirksamer bei Gott mussten ja
dann die dorthin gemachten Pilgerfahrten, die diesem Kloster
zugewandten Schenkungen sein, und je heiliger der Heilige
war, desto zahlreicher wurden dieselben.

So begreifen wir es, dass Abt Pontius und der Convent
von Cluny nicht erst warteten, bis ein devoter Jünger Hugo's
sich aus eigenem Antriebe bewogen fühlen würde, die Thaten
des Meisters aufzuzeichnen, sondern durch Beauftragung von
ihnen geeignet Erscheinenden für die Verherrlichung Hugo's
Sorge trugen, und es sich sehr angelegen sein liessen, dass
auch das von den Früheren Vergessene, resp. erst später Entstandene, sorgfältig aufgezeichnet und in neuen Viten mit ver-
arbeitet wurde [8].

Schreiben die Biographen nun in der angedeuteten Tendenz, wählen sie danach den Stoff, so fragt sich weiter, ob
sie uns nun wenigstens einen Theil des wirklichen Hugo geben. Was von den Wundergeschichten an und für sich zu
halten, dass sie ohne weiteres keineswegs die Glaubwürdigkeit

---

[8] Auf Geheiss des Pontius schrieben Gilo und Hildebert, und zeich-
nete Mönch Hugo vor Entstehung seiner vita in einem Briefe an den
genannten Abt mehreres von den Früheren nicht Erwähnte auf. Die
vita verfasste Mönch Hugo darauf im Auftrage des Convents von Cluny,
und Rainald richtet die seine „Universis ecclesiae Cluniacensis filiis"
und erzählt, dass er zu ihrer Aufsetzung durch die Bitten vieler Brüder bewogen worden sei. Auch für die anderen Lebensbeschreibungen,
bei denen wir über diesen Punkt keine Aufklärung erhalten, wird unter diesen Umständen fremde Anregung nicht gefehlt haben.

der daneben erzählten anderen Fakta aufheben, darüber sind
die Meinungen der Historiker so wenig getheilt, dass ich über
diesen Punkt kein Wort zu verlieren brauche. Aber die Wun-
dersucht wird auch bei andern, nicht mit eigentlichen Wunderthaten verknüpften Erzählungen die klare und nüchterne Auffassung des natürlichen Causalnexus trüben. Ferner wird die
scharfe Auffassung der Ursachen von der Tendenz der Biographen und ihrer Voreingenommenheit für Hugo auch insofern
leiden, als dieselben z. B. stets die Neigung haben werden,
die Auszeichnung, mit der die Fürsten den Hugo behandelten,
und von der doch ganz gewiss stets ein Stück dem mächtigen
Abt von Cluny galt, rein als eine Huldigung gegen die Person
Hugo's, gegen seinen persönlichen Werth anzusehn. Sie werden auch das, was über Hugo ein ungünstiges Licht verbreiten könnte, verschweigen, oder doch zu mässigen suchen, und
das Günstige werden sie möglichst vortheilhaft darstellen. Man
wird daher, auch so lange man nicht durch innere Widersprü-
che oder entgegenstehende authentische Zeugnisse Anderer ein
Recht hat, an der Richtigkeit der erzählten Thatsache zu zweifeln, doch die Einkleidung derselben mit einigem Misstrauen
ansehn müssen, und zwar im Allgemeinen desto mehr, je später der betreffende Autor schreibt.

Indess die Umstände liegen hier sehr günstig. Das ideale
Bild, welches uns die Biographen von Hugo's ganzer Persönlichkeit entwerfen, stimmt durchaus mit den Charakterzügen,
die wir aus seinen Handlungen wie aus den von ihm erhaltenen Schriftstücken gewinnen, und wird von anderen, unpar-
theiischeren Seiten her vollkommen bestätigt. So schreibt z. B.
Gregor VII. einmal über ihn bei einer Gelegenheit, wo er seine
Mitwirkung bei der Ordnung kirchlicher Angelegenheiten in
Gallien wünscht: „Confidimus enim in misericordia dei et conversatione vitae ejus (Hugo's), quod nullius deprecatio, nullius
favor aut gratia nec aliqua prorsus personalis acceptio eum a
tramite rectitudinis dimovere poterit" [9]. So sagt Hariulf über
ihn in dem Leben des Bischofs Arnulf von Soissons, lib. II.:
„Fuit nempe corpore et corde castissimus; monasticae institu-

---

[9] Gregorii VII Registr. IV. 22.

tionis, vitaeque regularis sator et custos perfectus; probatorum
monachorum, et honestissimarum personarum nutritor indesi-
nens, et sanctae ecclesiae auctor et defensor fervens" [10]); und
Bischof Bruno von Segni in dem Leben Leo's IX: „Ipse autem nunc senex et plenus dierum, cunctis venerabilis, cunctis-
que amabilis, idem ipsum monasterium venerabile (Cluny) sa-
pientissime regit adhuc, vir per omnia laudabilis, difficilis com-
parationis, et singularis religionis" [11]). Ungünstige Urtheile
über Hugo sind mir garnicht vorgekommen, denn der bittere
Ton, in dem sich Erzbischof Hugo von Lyon einmal in der
Hitze über ihn äussert [12]), verliert dadurch alle Bedeutung,
dass wir diese beiden Hugo's wenige Jahre später wieder als
enge Freunde finden [13]), was sie denn auch geblieben sind [14]).
Unter solchen Umständen muss man in der That glauben, dass
die Biographen kaum viel Ungünstiges über Hugo zu verschweigen resp. zu beschönigen hatten.

Und von der allgemeinen und ausserordentlichen Verehrung, welche dem Hugo unter seinen Zeitgenossen zu Theil
wurde, haben wir ebenfalls zahlreiche Beweise, welche die
Aussagen der Biographen darüber bestätigen. Um nur Einiges
hier anzuführen, erinnere ich an die Briefe Gregor's VII [15]),

---

[10]) Mabillon, Acta sanctorum ordinis S. Benedicti, Lutetiae Parisiorum 1668—1701, saec. VI. pars II. p. 532. Nach Potthast, Bibliotheca
historica medii aevi, starb Hariulf 1143.

[11]) Muratori, Rerum Italicarum scriptores tom. III. pars 2. p. 349.

[12]) In dem um den Octbr. 1087 an die Gräfin Mathilde geschriebenen
Briefe. Siehe über diesen meine Untersuchung in den „Forschungen zur
deutschen Geschichte", VIII. 641—648, wo übrigens ein recht störender
Druckfehler zu verbessern ist: S. 643 Z. 3 v. o. lese man „facta est
(24. Mai 1086), usque ad conventum Capuae habitum (März 1087) integri anni" etc. statt: „facta est (24. Mai 1087) integri anni" etc.

[13]) Mansi, Conciliorum amplissima collectio, XX. 690. Man vergleiche auch die Schenkungsurkunde des Erzbischofs Bibl. Clun. p. 533.

[14]) Man sehe Abt Hugo's gegen Ende des Jahres 1106 an Anselm
von Canterbury geschriebenen Brief, bei Bouquet, Recueil des historiens des Gaules et de la France, XV. 67. (Auch bei Migne, CLIX
Anselmi epist. IV. 79.)

[15]) Besonders Registr. I. 62.

Urban's II [16]), Peter Damiani's [17]), und an die langjährige ver-
traute Freundschaft, welche Anselm von Canterbury dem Hugo
widmete [18]). Ferner an den Brief Heinrich's III, den der Kaiserin Agnes, an die drei Briefe Heinrich's IV, an Hugo's Brief
an König Philipp I von Frankreich [19]). Ich erinnere auch an
den Brief des Königs Alfons VI von Castilien und Leon [20]), und
an den Vertrag, welchen die beiden Schwiegersöhne desselben,
Graf Raimund von Galizien, designirter Thronfolger, und Graf
Heinrich von Portugal, nach Hugo's Anordnung [21]) über Thei-
lung des künftigen Erbes schliessen [22]).

So boten die sechzig Jahre von Hugo's Amtsführung bei
seinem so weit verzweigten Wirkungskreise und seiner rastlo-
sen Thätigkeit — abgesehn natürlich von den Wundern —
ausserordentlich viel Stoff, der für die Zwecke der Biographen
geeignet war. Ohne Zweifel wurden die Thaten und Erlebnisse
Hugo's in Cluny viel erzählt, und bei dem Zusammentreffen
zahlreicher Augenzeugen mussten auch zugleich die Erzählungen
der Einzelnen sich gegenseitig berichtigen. Vermöge ihrer Lebensverhältnisse, wie wir sie in den folgenden Paragraphen
kennen lernen werden, konnte es den Biographen, auch so
weit sie nicht aus eigner Anschauung berichten, doch an einer
Fülle für sie verwendbaren Stoffes nicht fehlen. In der That
blickt auch aus zahlreichen Aeusserungen von ihnen durch, dass
sie aus vielem einiges auswählen, dass sie, wenigstens von solchem Material, das uns allein interessirt, ihnen jedoch gegen
die Wundergeschichten in die zweite Linie tritt, viel mehr
wissen als sie uns mittheilen. Für ihre Zwecke brauchten sie

---

[16]) Man sehe besonders Jaffé 4018. 4024. 4025.

[17]) epist. VI. 2. 4. 5. bei Migne CXLIV. 371 sqq.

[18]) Man sehe Hugo's drei Briefe an ihn, bei Migne CLIX Anselmi
epist. IV. 17. 79. 80; Eadmer's Historia novorum, ebendaselbst p. 404;
desselben Leben Anselm's, bei Migne CLVIII. 106. 107.

[19]) Diese sechs Briefe stehn bei d'Achéry, Spicilegium (altera editio,
in-fol.) III. 441—444. Der von Agnes ist dort als epistola anonymi bezeichnet.

[20]) Ebendaselbst p. 407 sq.

[21]) „quod nobis mandastis . . . fecimus" schreiben sie an Hugo.

[22]) Ebendaselbst p. 418.

nur verhältnissmässig wenige Beispiele historischer Fakten:
schwerlich hatten sie unter den erwähnten Umständen nöthig,
sich solche erst noch besonders zurechtzubiegen.

Dies einige allgemeine Gesichtspunkte zur Beurtheilung dieser Viten. Wie weit nun jede einzelne derselben für eine Darstellung des Lebens Hugo's verwerthet werden darf, das zu er-
forschen wird das Ziel der folgenden Untersuchungen sein, wobei ich jedoch von vornherein bemerke, dass ich die Handschriften weder gesehn, noch genauere Kunde von ihnen habe.
Die Stellung des Autors zum Gegenstande, überhaupt seine Lebensverhältnisse, ferner die Zeit der Abfassung, endlich die
Frage nach den Quellen und der Art ihrer Benutzung werden
hier die Punkte sein, auf die es besonders ankommt. Es erscheint nicht unpassend, am Schluss auch über die nicht erhaltenen, aber dem Namen nach bekannten Biographen die uns
überkommenen Angaben zusammenzustellen.

Bisher hat, soviel mir bekannt ist, nur Papebroch [23]) über
die hier einschlagenden Fragen gehandelt. Doch auch er be-
gnügt sich, ausser den Hauptdaten über die Lebensverhältnisse
der Autoren, mit wenigen flüchtigen Bemerkungen, ohne sich
auf eine genauere Untersuchung einzulassen.

§. 2.

Rainald.

Wir haben von ihm eine vita Hugo's und einen Auszug
aus dieser in 110 Distichen. Beide sind zuerst herausgegeben
von Papebroch bei Boll. Apr. III, die vita p. 648—653, die
„synopsis vitae metrica" p. 654—655. Benutzt sind dabei zwei
Handschriften, von denen die eine, beide Werke enthaltend,
der Königin Christine von Schweden, die andere, nur die vita
gebend, dem Jesuitencolleg zu Douai gehörte. Die mir vor Augen gekommenen neueren Ausgaben, in der gegenwärtig zu
Rom und Paris erscheinenden neuen Auflage der Acta Sancto-

---

[23]) In dem commentarius praevius ad acta S. Hugonis bei Boll. Apr.
III. 633 sq. (bei Migne CLIX. 856—858.)

rum, Aprilis tom. III. (herausgekommen 1866), und bei Migne tom. CLIX, sind nur inkorrekte Abdrücke jener ersten, welche letztere in meinen Citaten (bei blosser Angabe der Seite) stets gemeint ist.

Rainald nennt sich selbst einen Neffen (nepos) Hugo's [1]), und in einer Urkunde wird er als Bruder eines Gaufridus de Sinemuro bezeichnet [2]). Nun hatte Hugo's Bruder Gottfried, Herr von Semur, einen Sohn gleiches Namens, welcher ihm auch, als er selbst in Cluny Mönch wurde, in der Herrschaft von Semur folgte [3]). Offenbar ist also Rainald der Bruder dieses jüngeren, der Sohn jenes älteren Gottfried [4]). Mit dem Letzteren zusammen trat einer seiner Söhne ins Kloster [5]), und da Rainald Mönch in Cluny gewesen ist [6]), so ist er wahrscheinlich [7]) mit diesem Sohne des älteren Gottfried identisch. Später wurde Rainald Prior des Nonnenklosters zu Marcigny [8]), dann im Jahre 1106 Abt von Vezelay [9]), endlich im Jahre 1128, nicht lange nach dem Concil von Troyes, Erzbischof von Lyon und päpstlicher Legat, und starb in dieser Stellung am 7. August 1129 [10]).

---

[1]) Man sehe die beiden letzten Verse der synopsis vitae metrica. Auch Petr. Ven. epist. III. 2, Bibl. Clun. p. 794 heisst er so.

[2]) Bibl. Clun. not. Querc. p. 88 und 85.

[3]) Petr. Ven. mirac. I. 26, Bibl. Clun. p. 1289.

[4]) Das Richtige erkennt schon Cucherat, Cluny au onzième siècle, Lyon et Paris, 1851, p. 120 mit Anm. 1., welcher dafür auch noch ungedruckte Beweise zu haben scheint.

[5]) Siehe Anm. 3.

[6]) Siehe das epitaphium Rainaldi von Petrus Venerabilis, Bibl. Clun. p. 1353.

[7]) Man könnte daran nicht zweifeln, wenn nicht, wie Cucherat (pp. 72, 73 mit Anm. 1., und 128) aus handschriftlichen Quellen mittheilt, auch Abt Hugo II von Cluny, welcher im Jahre 1122 einige Monate lang regierte, Neffe unsres Hugo's wäre.

[8]) Cucherat pp. 72 und 120, nach dem ungedruckten Verzeichniss der Prioren von Marcigny. Marcigny (Marciniacum) liegt an der Loire, im Departement Saône-Loire, Arrondissement Charolles.

[9]) Mab. An. (editio Parisiensis) V. 498. Vezelay (Vezeliacum) liegt am Cure, im Departement Yonne, Arrondissement Avallon.

[10]) Mab. An. (editio Lucensis) VI. 146. Einiges mehr über Rainald giebt Cucherat p. 120—122.

Seine vita richtet er an alle Cluniacensermönche, und erwähnt in der Vorrede, dass er von vielen Brüdern aufgefordert worden sei, in gedrängter Darstellung (succincte) das Leben Hugo's zu beschreiben.

Ebendaselbst bezeichnet er sich auch als Abt von Vezelay, und da Hugo am 29. April 1109 [11]) starb, so muss diese vita in den Jahren 1109—1128 geschrieben sein. Ob Rainald auch bei Abfassung der synopsis vitae metrica noch Abt, oder bereits Erzbischof war, geht aus dieser nicht hervor. Für ihre

---

[11]) So die Chronologia abbatum Cluniacensium (über deren Werth siehe weiter unten) und Mönch Hugo, deren Berichte unten §. 9 Anm. 1 aufgeführt sind; ferner Rainald, vit. p. 653, wo der Wochentag und darauf in dem eingefügten kleinen Gedicht das Monatsdatum, und synops. vit. metr. p. 655, wo das Jahr angegeben ist. Ebenso giebt Hildebert, Bibl. Clun. p. 436 den Monatstag an. Man vergleiche auch Orderic. Vital. Hist. eccl. ed. Le Prevost (Parisiis 1838—55) tom. IV p. 298. Aus Hugo's eigenen Angaben in der „Imprecatio Hugonis", Bibl. Clun. p. 495 sqq. erhellt, dass er am 22. Februar zum Abt geweiht ist, und dass er wenig über 60 Jahre regiert hatte, als er sein Ende nahe fühlte, während sich durch die Chronol. abb. Clun. der Tag der Weihe auf den 22. Februar 1049 bestimmt.

Die Chronologia abbatum Cluniacensium (Bibl. Clun. p. 1617—1628) — wohl zu unterscheiden von dem um 1500 von Franciscus de Rivo verfassten Chronicon Cluniacense (Bibl. Clun. p. 1627—1685) — beginnt mit der Gründung Cluny's (910), und ist durch eine Reihe verschiedener Aufzeichner bis zum Jahre 1614 (in welchem die Bibl. Clun. erschienen ist) fortgesetzt. Während sie von Abt Hugo III (1157 —1168) an fast nur noch Namen und Regierungszeit der Aebte enthält, ist sie für die ältere Zeit weit ergiebiger, und speciell für die Geschichte Hugo's I bringt sie nicht wenige werthvolle Notizen, welche von Gleichzeitigen geschrieben sind. Dass nämlich der Artikel zum Jahre 1049 (Bibl. Clun. p. 1621) schon zu Hugo's Lebzeiten abgefasst ist, sieht man aus den darin enthaltenen Worten: „Pater Hugo .... abbas ordinatus, *nunc in praesenti* ut decet officii sui ministerium adimplet." Und der Passus zum Jahre 1109 rührt ebenfalls von einem Zeitgenossen her, denn es heisst darin über Hugo: „Eleemosynis vero supra omnes *nostri temporis* homines ita semper fuit intentus etc.", und er muss noch vor den ärgerlichen Zwistigkeiten zwischen den Mönchen und Abt Pontius (von denen im folgenden Paragraphen die Rede sein wird), also jedenfalls vor dem Jahre 1122 geschrieben sein, da das darin ausgesprochene Urtheil über Pontius („venerabilis vitae vir .... mentis nobilitate clarissimus") noch durchaus günstig ist. Ich lege den Angaben der Chronologia viel Gewicht bei.

Entstehungszeit ergeben sich demnach als Grenzpunkte vorläufig nur der 29. April 1109 und der 7. August 1129.

Dass Rainald seine vita frühzeitig geschrieben hat, dafür spricht Mancherlei. Einmal die im Vergleich zu den anderen Biographen einfache und weniger ausgemalte Darstellung. Ferner, dass er von bereits vorhandenen Aufzeichnungen der Thaten Hugo's nichts erwähnt, während Hildebert und Mönch Hugo dies thun, sich bei dem Anonymus secundus die Benutzung schriftlicher Quellen unzweifelhaft nachweisen lässt, und auch das Werk des Anonymus primus entschieden den Eindruck eines Excerptes macht [12]). Rainald leugnet sogar ausdrücklich solche schriftliche Quellen zu kennen, wenn er in der Vorrede sagt [13]): „Quod *si forte ali*cujus altioris. ingenii viri studium in hoc opere ante nos desuda*rit*, non, ut illum obfuscare, me autem clarum facere velim, hoc agam" etc. [14]). Woher er nun seine Nachrichten genommen, darüber äussert er sich am Schluss der vita [15]): „Haec de vita sancti patris nostri Hugonis abbatis Cluniacensis sicut *partim vidi, partim relatione probabilium virorum didici* perstrinxerim" etc. ‚ Zwar macht er nur einmal einen mündlichen [16]) Berichterstatter namhaft, nämlich den Baldüin, ehemals Zahlmeister Anselm's von Canterbury,

---

12) Man sehe unten die §§. 3, 4, 5, 6.

13) p. 648.

14) Papebroch bemerkt hierzu in dem commentarius praevius ad acta S. Hugonis, bei Boll. Apr. III. 633: „His autem verbis videtur Hildeberti scriptum innuere, quod ad suas manus non pervenerit". Indess beachtet man das „si forte" mit dem „ali-" und dem Conj. Perf. „desudarit" („Wenn etwa irgend Jemand.... haben sollte"), so ist ja offenbar, dass Rainald hier nicht nur auf eine bestimmte andere Schrift über Hugo nicht anspielt, sondern auch von einer solchen überhaupt nicht zu wissen angiebt, und nur die Möglichkeit hinstellt; dass schon Jemand vor ihm über dies Thema geschrieben haben könnte, den er dann aus der Bescheidenheit, welche, mochte sie aus dem Herzen kommen oder nicht, schon der mönchische Anstand erforderte, als einen „altioris ingenii vir" bezeichnet. — Auf eine weitere Begründung der Ansicht, dass Rainald nach Hildebert geschrieben habe, lässt sich Papebroch übrigens nicht ein.

15) p. 653.

16) „sicut ipse mihi narravit" ist wohl von mündlicher Ueberlieferung zu verstehn.

für eine Vision, welche er gehabt [17]), doch scheint in der That unter jener „relatio probabilium virorum" nur mündliche Erzählung zu verstehn zu sein.

Dazu kommt ein Drittes, woraus sich zugleich ein neuer bestimmter Grenzpunkt für die Abfassungszeit der vita wie der synopsis ergiebt. Beachtet man nämlich die Weise, wie Rainald in der vita den Hugo bezeichnet, so findet man Ausdrücke wie „piissimus pater, beatus vir oder pater oder senex, sanctus vir oder pater, sanctissimus vir oder pater, beatissimus pater Hugo". Dagegen vermeidet er die Arten der Benennung, an denen man die wirklichen, von der Kirche als solche anerkannten Heiligen erkennt: nie fügt er das Wort sanctus oder beatus [18]) — sei es ausgeschrieben, sei es abgekürzt als S. und B. — dem Namen Hugo's unmittelbar ohne anderen Zusatz bei, während er doch zu verschiedenen Malen z. B. Hugo's Vorgänger als „B. Odilo" [19]) nennt; nie sagt er auch, wenn er von Hugo spricht, kurzweg blos „Sanctus" mit Weglassung des Namens wie jeder anderen Bezeichnung. In den andern erhaltenen Viten wird Hugo „B. Hugo" oder „S. Hugo" oder auch blos „Sanctus" genannt, und der letzteren Bezeichnung bedient sich Rainald selbst nachher öfters in der synopsis vitae metrica. Warum nicht auch in der vita?

Aus dem Briefe des Mönches Hugo an Abt Pontius von Cluny [20a]) erfahren wir, dass Papst Calixtus II nach vorheriger Vernehmung von Zeugen unter Zustimmung der anwesenden Bischöfe und Cardinale am 6. Januar 1120 in Cluny den Hugo feierlich zum Heiligen erklärte [20b]). Es ist nicht zu glauben,

---

[17]) p. 653.

[18]) Der spätere Rangunterschied von sanctus und beatus als Prädikaten der Heiligen scheint damals noch nicht ausgebildet gewesen zu sein; z. B. werden sie von Hildebert durchaus gleichbedeutend gebraucht. Er nennt die Heiligen fast immer „beatus", so auch den heil. Apostel Petrus.

[19]) Wann Odilo canonisirt worden ist, habe ich nicht ausfindig machen können.

[20a]) Bibl. Clun. p. 557 sqq. (auch p. 461 sqq.). Man sehe über diesen Brief unten §. 4.

[20b]) Irrig ist die Darstellung von Pignot II. 372, denn der dies na-

dass Rainald in der vita dem Hugo eine Ehre entzogen, die ihm von Rechts wegen zustand, dass er ihn nicht wie einen wirklichen Heiligen titulirt haben sollte, wenn er es damals schon gewesen wäre. Und ebenso ist nicht zu glauben, dass die anderen Biographen, so wie auch Rainald in der synopsis, dem Hugo, schon bevor er canonisirt, in für die Oeffentlichkeit bestimmten Schriftstücken die formelle Bezeichnung eines von der Kirche anerkannten Heiligen beizulegen gewagt haben sollten. Wohl wurden in früheren Jahrhunderten wahrscheinlich sehr viele Heilige ohne einen förmlichen Akt kirchlicher Heiligsprechung: die allgemeine Meinung machte sie eben dazu. Jetzt aber waren nachweisbar bereits seit mehr als hundert Jahren die Canonisationen in Gebrauch [21]), und der kirchliche Staat hatte, besonders in Frankreich, inzwischen eine feste innere Gestaltung gewonnen: mit wohlgeordneter Controlle überwachte das päpstliche Regiment die Vorgänge innerhalb desselben. Mochten da die Biographen auch persönlich von der Heiligkeit Hugo's fest überzeugt sein, zu dem Heiligentitel konnte erst die Canonisation berechtigen, denn dass diese nöthig war, sehen wir ja aus der Vornahme derselben.

Erwägt man dies alles, so ist der Schluss unabweisbar, dass Rainald's vita vor, desselben synopsis aber, so wie die andern erhaltenen vitae nach Hugo's Heiligsprechung, also Rainald's vita zwischen dem 29. April 1109 und dem 6. Januar 1120, die synopsis vitae metrica dagegen zwischen dem 6. Januar 1120 und dem 7. August 1129 geschrieben ist.

Wenn aber Rainald den Hugo „sanctus pater" u. s. w. nennt, so wird man das nicht anders zu verstehn haben, als wie wenn z. B. Kaiser Heinrich IV schreibt [22]): „Carissimo atque dilectissimo patri Hugoni et universis *sanctis* fratribus

---

talis eines confessor ist nicht der Tag seiner leiblichen, sondern seiner Geburt für das Himmelreich d. h. sein Todestag. Jene Feierlichkeit war eben die Canonisation.

21) Das erste Beispiel einer Canonisation ist die des Bischofs Ulrich von Augsburg im Jahre 993. Wattenbach, Deutschlands Geschichtsquellen, 2. Auflage, S. 249.

22) d'Achéry, Spicilegium (IIda ed.) III. 441.

Cluniacensis coenobii" etc., und ein Graf Wigo [23]): „Seniori
suo dilectissimo domino Hugoni, Cluniacensi videlicet abbati
sanctissimo, dominorumque meorum fratrum Cluniacensium *sanctissimo* conventui" etc.

Wie zwischen allen den uns erhaltenen Viten, so erkennt
man auch zwischen der Rainald's und den anderen leicht einen
Zusammenhang. Ich spreche hierüber jedoch erst in den folgenden Paragraphen, da ich die vita Rainald's hier überall für
die früher entstandene, also eventuell benutzte, nicht benutzende, halten muss.

Fragen wir nach der Glaubwürdigkeit Rainald's, so konnte
er jedenfalls als naher Verwandter Hugo's und Mönch in Cluny
unter demselben über seinen Gegenstand sehr wohl unterrichtet
sein. Eine Prüfung seiner Nachrichten ist allerdings nicht immer möglich, denn es fehlt vielfach an dem sicheren Maassstab
dafür, den die andern Viten, weil mit der Rainald's verwandt,
nicht abgeben können. Wo ich jedoch eine solche anstellen
konnte, fiel dieselbe durchaus günstig für Rainald aus. Für
seine Zuverlässigkeit spricht die Sorgfalt seiner chronologischen
Angaben: am Schluss der vita nennt er den Wochentag und
das Monatsdatum des Todes Hugo's, so wie die Dauer seiner
Regierung an Jahren, Monaten und Tagen, und in der synopsis vitae metrica das Todesjahr und nochmals die Regierungsdauer, welche Angaben sich sämmtlich als richtig erweisen.

Schliesslich sei hier noch erwähnt, dass der Reualdus, welchen Franciscus de Rivo im Chronicon Cluniacense als Verfasser einer vita Hugonis nennt [24]), mit Rainald identisch ist.

---

[23]) Migne CLIX. 941.

[24]) Bibl. Clun. p. 1648. Die dort angeführte Geschichte ist aus Rainald, und ohne Zweifel liegt nur ein Druckfehler (Reualdus für Renaldus) vor, obwohl hinten unter den Berichtigungen nichts davon erwähnt ist.

§. 3.

Hildebert.

Die von ihm verfasste vita Hugonis citire ich (unter blosser Angabe der Seite) stets aus der Ausgabe, die Marrier und Du Chesne in der Bibl. Clun. p. 413—438 nach einem alten Codex, welcher damals dem Kloster Saint-Martin-des-Champs in Paris gehörte [1]), veranstaltet haben. Ausserdem findet man sie bei Surius, De probatorum Sanctorum historiis; Boll. Apr. III. 634—648, 2te Ausgabe (Rom und Paris) p. 641—656; Beaugendre, Hildeberti Turonensis opera, Parisiis 1708 fol., p. 909 —944; Migne CLIX. 857—894.

Hildebert stammt aus Lavardin am Loir, nördlich von Tours. Unter Bischof Hoëllus von Le Mans (1085—1097) [2]) wurde er hierselbst Vorsteher der Schule und um das Jahr 1092 Archidiakonus. Nach dessen Tode wurde er sein Nachfolger [3]), dann im Jahre 1125 Erzbischof von Tours [4]), und starb als solcher um das Jahr 1134 [5]).

---

[1]) Und der auch das von Mönch Hugo verfasste Leben unsres Hugo's, sowie einige von diesem selbst herrührende Schriftstücke und das Leben des heil. Morandus enthielt. Bibl. Clun. not. Querc. p. 7.

[2]) Acta episcoporum Cenomanensium, cap. 34 bei Mabillon, Vetera analecta, IIda ed. Parisiis 1723 fol., pp. 309 und 313. Er starb am 29. Juli 1097.

[3]) Ibid. cap. 35 (de Hildeberto episcopo), p. 313: „Hic itaque, ex Lavarzinensi castro mediocribus quidem sed honestis exortus parentibus, a domno Hoëllo venerabilis memoriae episcopo Cenomanensis ecclesiae scholarum magister et archidiaconus factus, et post decessum ipsius .... in ejus loco substitutus est“. Orderic. Vital. eccl. hist., ed. Le Prevost Parisiis 1838—1855, tom. IV p. 41: „Clerus Hildebertum de Laverceio archidiaconum in cathedra pontificali residere compulit“. Ueber die Zeit der Erhebung zum Archidiakonus sehe man Hildebert's eigne Aeusserung epist. III. 21, opera ed. Beaugendre p. 186: „Recordor praeterea, quod per quinque annos archidiaconus fuerim antequam praesul“.

[4]) Ord. Vit. tom. II. p. 251. Nach den Act. episc. Cen. p. 319 wäre Hildebert 29 Jahr 6 Monate Bischof von Le Mans gewesen, doch sagt dieser selbst in dem in der vorigen Anmerkung citirten Briefe, als er bereits Erzbischof ist: „In Cenomanensi ecclesia domino permittente viginti et octo sedimus annis“.

[5]) cf. Beaugendre, Hildeberti opera p. XXXIV; Mab. An. (editio

Einige, darunter Papebroch [6]), meinen, dass er, bevor er Scholastikus und Archidiakonus in Le Mans wurde, Mönch in Cluny und Schüler unsres Hugo's gewesen sei. Schon Mabillon [7]) findet dies nicht glaublich, ohne dass er jedoch einen strikten Beweis des Gegentheils zu führen vermöchte. Das einzige Quellenzeugniss, welches ich für jene Ansicht gefunden habe, ist das des Franciscus de Rivo in dem um 1500 verfassten Chronicon Cluniacense [8]). Dies aber ist eine Quelle von höchst zweifelhaftem Werth, in der es an Irrthümern nicht fehlt. Wäre Hildebert wirklich Hugo's Schüler, so dürfte man wohl in der von ihm verfassten vita Hugonis, die doch verhältnissmässig lang, bei weitem die längste der uns erhaltenen und mehr als doppelt so lang als Rainald's ist, irgend eine Andeutung davon erwarten. Eine solche findet sich nicht, vielmehr giebt uns Hildebert durch eine der darin enthaltenen Erzählungen selbst den Gegenbeweis in die Hand.

„Operae pretium est," sagt er p. 423, „ea relatis apponere, quae et auditu didicimus et visu. Antecessor noster Hoëllus praedicandae praesul memoriae Romam proficiscens gratia videndi sanctum dei (Hugo) Cluniacum divertit. Qui postquam loquendi cum eo sortitus est facultatem, cum quodam suo archidiacono ad eum in parvam deductus est cameram, sacris dicatam colloquiis, et celebrem potius cultore quam cultu. Cum autem convenissent filii adoptionis, et invicem beneficia suarum sibi communicarent orationum, B. Hugo frequentius praefatum intuitus archidiaconum: Tantum, inquit, ne desis gratiae dei, quoniam provisum est, te in eo, in quo nunc administras, ordine nullatenus remansurum. Parum temporis fluxerat, et eventus est vaticinium subsecutus. Archidiaconus etenim sequenti anno pontificalem sortitus est dignitatem.

„Nos hoc audivimus, nos praesentes vidimus, nos beati illius hominis orationum participes in eo facti sumus colloquio.

Lucensis) VI. 231. Potthast, Bibliotheca historica medii aevii hat 1139; woher, weiss ich nicht.

[6]) Im commentarius praevius ad acta S. Hugonis bei Boll. Apr. III. 633.

[7]) An. (editio Parisiensis) V. 377 sq.

[8]) Bibl. Clun. p. 1641.

Nos quidem fama revelante nonnulla de ejus sanctitate didiceramus, nonnulla de mansuetudine, nonnulla etiam de his, quibus et vitio judicium et virtuti praerogatur incrementum: invenimus autem ampliora, ex gregis conversatione pastoris vigilantiam perpendentes.“

An einer andern Stelle berichtet Hildebert, wie Hugo eines Tages im Capitel erzählt, dass „cuidam fratri“ die Mutter Gottes mit dem Christuskinde erschienen, und was da weiter alles geschehn sei. Am Schlusse dieser Erzählung fügt Hildebert hinzu [9]): „Haec eo cum lacrymis referente conventus attendit, non alii nisi ipsi quam retulerat ostensam esse visionem. Caeterum idcirco nomen personae siluisse, ne potius gloriam sibi quaerere, quam veritatem referre videretur.“ Diese Weise von sich selbst zu sprechen ist auch bei den Autoren der damaligen Zeit sehr gewöhnlich, und wenn man jene Erzählung von der Unterredung des Hoëllus mit Hugo sammt den angehängten Bemerkungen Hildebert's genau betrachtet, dazu berücksichtigt, dass Hildebert in der That unter Hoëllus Archidiakonus war und später Bischof wurde, so gelangt man leicht zu der Ueberzeugung, dass die zuletzt citirte Stelle der Commentar zu derselben ist, dass auch Hildebert aus Bescheidenheit [10]) sich unter der allerdings unschwer enthüllbaren Anonymität des „quidam Hoëlli archidiaconus“ verbirgt [11]).

---

[9]) p. 434.

[10]) Aus Bescheidenheit, denn wenn auch wirklich, wie Hildebert die Sache auffasst, hier eine Bethätigung prophetischer Gabe von Seiten Hugo's vorläge, nicht die durchaus natürliche Vorhersagung eines tiefen Menschenkenners, so muss Hugo doch, da er die künftige Erhöhung Hildebert's erst verkündet, nachdem er ihn öfters aufmerksam betrachtet, ihm dies an irgend etwas angesehn haben: Hildebert muss bereits irgend ein Kennzeichen seiner hohen Zukunft an sich getragen haben, und darin liegt für ihn etwas so Schmeichelhaftes, dass er es vorzieht, seine Person etwas verschämt mit einem leichten Schleier zu umgeben.

[11]) In den Act. episc. Cen. p. 312 wird von einer Reise des Hoëllus nach Rom berichtet, welche nach den anderweitigen dort erzählten Thatsachen — wie auch Papebroch bei Boll. Apr. III. 640 not. k annimmt — in das Jahr 1094 fallen muss. Dieser Nachricht zu Liebe bemerkt Papebroch ibid. not. l über die Person des ungenannten Ar-

Nun sieht man zugleich aus dem Satze „Nos quidem —
perpendentes", vorzüglich aus dem Plusquamperfektum „didiceramus", dass Hildebert damals zum ersten Mal Cluny und Hugo
zu sehn bekam. Traf er aber mit Hugo zum ersten Mal zusammen, als er bereits Archidiakonus war, so folgt, dass er
nicht vor seinem Archidiakonat dessen Schüler und Mönch in
Cluny gewesen sein kann, d. h. dass er es überhaupt nie gewesen ist [12]).

Doch gieng er allerdings, auch nachdem er inzwischen Bi-

---

chidiakonus: „Non est quem signare possit commodior conjectura quam
Gaufridus de Meduana, illustri apud Cenomannos genere natus, electus
an. 1094 Andegavensis episcopus, consecratus an. 1096". Dass dieser
dann aber nicht, wie Hildebert berichtet, im folgenden Jahre (1095),
sondern, je nachdem man die Wahl oder die Weihe als das entschei-
dende Moment auffasst, entweder in demselben oder im zweiten Jahre
nach jener Reise Bischof geworden ist, scheint dem Papebroch keine
Sorge zu machen. Eine sorgfältige Betrachtung aller einzelnen Angaben der betreffenden Stelle aus Hildebert würde ihm überdies über die
wahre Person jenes Archidiakonus keinen Zweifel gelassen haben. Will
man das Jahr der betreffenden Unterredung bestimmen, so steht, so
viel mir bekannt ist, der Annahme einer im Jahre 1096 unternommenen
zweiten Reise des Hoëllus nach Rom nichts entgegen. Hätte aber auch
Hildebert sich in dem „sequenti anno" geirrt, hätte er wirklich jene
Reise vom Jahre 1094 gemeint, so würde dies doch noch keineswegs
einen Zweifel daran begründen, dass er selbst der „quidam suus archidiaconus" ist.

[12]) Zu der Annahme des Gegentheils hat vielleicht das Vorwort von
Hildebert's vita Hugonis mit Veranlassung gegeben, in welchem er sich
gegenüber dem Abt Pontius von Cluny, der ihn zu dieser Arbeit aufgefordert, in sehr höflicher Weise äussert: z. B. obwohl er sich solcher
Aufgabe nicht gewachsen gefühlt habe, habe er sich doch lieber mit
seinem Produkt blamiren wollen, als ihm (dem Pontius) ungehorsam
erfunden werden u. s. w. Ein Mönch von Cluny, dem daran lag, auch
den Hildebert zu den Zöglingen seines Klosters, zu seinen geistlichen
Vätern zählen zu können — und welchem ehrgeizigen Klosterbruder
musste es nicht erwünscht sein, mit einem Manne von so hellklingen-
dem Namen in Zusammenhang zu stehn — konnte sich nach solchen
Ausdrücken leicht einreden, hier liege wirklich ein Verhältniss von Vor-
gesetztem und Untergebenem vor, Hildebert sei Mönch von Cluny, und
darum auch als Bischof noch dem Abte dieses Klosters in gewissem
Masse untergeben gewesen.

schof geworden war, ernstlich mit dem Plane um, es zu werden, und trat überhaupt nach jener ersten Begegnung bald in ein sehr freundschaftliches Verhältniss zu Hugo. Ein Brief von ihm an diesen [13]), nach Brial im Jahre 1101, nach Mabillon [14]) im Jahre 1103 geschrieben, giebt uns hiervon Zeugniss. „Maximum duco atque habeo", heisst es darin, „quod mihi vestrae sacrarium familiaritatis aperuistis. In eo susceptus multis et magnis expertus sum periculis, quantum valet deprecatio justi assidua." Hierauf erzählt Hildebert, wie er auf der Rückfahrt von Rom allerdings wie durch ein Wunder saracenischen Seeräubern entgangen ist, und fährt dann fort: „Haec ideo, sanctissime pater, apposui, ne quis ignoret, quantis oratione vestra periculis ereptum me confitear. Habeo igitur atque ago vestrae gratias religioni, cujus sinum quasi reus aram jam dudum complexus essem, si consultus papa pontificis onus amoliri permisisset. Ille dum me remisit ad laborem, invidit gloriam. Non imputet ei deus. Interim in umbra alarum tuarum sperabo, donec educar de lacu miseriae, et de luto faecis, atque dicam: Ecce venio ut faciam voluntatem tuam deus meus." Man sieht also, dass Hildebert nach Rom gereist war, um vom Papste die Enthebung von seinem Amte zu erlangen, und dann nach Cluny gehn zu können, dass jedoch jener ihm die Gewährung dieses Gesuchs verweigert hatte.

Hildebert gehörte zu den bedeutendsten Geistern seiner Zeit, und hat ausser zahlreichen Briefen und Gedichten eine ziemliche Anzahl von Schriften, meist theologischen und philosophischen Inhalts, hinterlassen, welche zusammen einen mässigen Folioband füllen.

Das Leben Hugo's schrieb er, wie er selbst in der Vorrede sagt, auf Ansuchen des Abtes Pontius von Cluny. Ihm übersendet er auch das fertige Werk mit der Bitte, etwaige Irrthümer zu verbessern, bevor es in die Oeffentlichkeit trete [15]).

---

13) Bibl. Clun. p. 1823 sq.; Bouquet, Recueil des historiens des Gaules et de la France XV. 315.

14) An. V. 462.

15) „Ruborem vero ex defectu", sagt er im Vorwort (p. 413), „credidi tua correctione praeveniri. Quod adhuc etiam credo, postulo, pre-

Hieraus ergiebt sich ein wichtiges Moment zur Bestimmung der Abfassungszeit. ·Wir hören nämlich, dass Pontius im Jahre 1122 [16]) nach Rom reiste, und dort vor Papst Calixtus II sein Amt niederlegte [17]). Da bereits am 9. Juli desselben Jahres [18]) sein Nachfolger Hugo II starb, und dieser drei Monate [19]) regiert hatte, da ferner vor der Wahl dieses Hugo erst die Nachricht von der Abdankung des Pontius aus Rom eingetroffen sein musste [20]), so muss Pontius schon bald nach Anfang des Jahres Cluny verlassen haben. Demnach kann Hildebert sein Leben Hugo's I, welches natürlich nach dem 29. April 1109 (Hu-

---

cor, pro munere suscepturus, si removeas ab oculis quicquid linguas senseris formidare . . . . Sero enim reprimitur vitium, cum jam populus insultat vitioso"; und ebendaselbst später (p. 414): „Quicquid itaque . . . exaravi, vel in manus ex tuo veniat judicio, vel si supprimendum censueris, omnino delitescat."

[16]) Chronol. abb. Clun., Bibl. Clun. p. 1622.

[17]) Chronol. abb. Clun. l. l.; Jaffé 5101; Petr. Ven. mirac. II. 12, Bibl. Clun. p. 1310; Ord. Vit. hist. eccl. ed. Le Prevost tom. IV p. 424.

[18]) Chronol. abb. Clun. p. 1623.

[19]) Chronol. abb. Clun. l. l.; Ord. Vit. l. l. Petrus Venerabilis mirac. II. 12, Bibl. Clun. p. 1311 nennt „vix quinque menses." Auch diese Angabe liesse sich — zumal da, wie aus der Nachricht über den Tod des Petrus Venerabilis in der Chronol. abb. Clun. ad a. 1157, Bibl. Clun. p. 1624 hervorgeht, nach der damals in Cluny gebräuchlichen Rechnungsweise das Jahr schon mit dem 25. December begann — noch mit der Aussage der Chronol. abb. Clun., dass Pontius erst im Jahre 1122 abgereist ist, vereinigen, und es wäre möglich, dass die Differenz so ihre Erklärung fände, dass von Petrus die Wahl, in der Chronologia dagegen und von Ordericus Vitalis die Weihe Hugo's II als Anfangspunkt seiner Regierung aufgefasst ist. Indess, so lange dies nicht erwiesen, wird man doch nur den beiden letztgenannten Quellen folgen dürfen. Ist auch sonst in Cluny betreffenden Dingen die Autorität des Petrus der des Ordericus vorzuziehn, so ist doch auf der andern Seite die Chronol. hier genauer als Petrus, indem sie sowohl das Jahr dieser ganzen Ereignisse, als den Todestag Hugo's II angiebt, welche beide Petrus übergeht, so dass sie auch in Betreff der Regierungsdauer mehr Glauben verdient.

[20]) Petr. Ven. mirac. II. 12, Bibl. Clun. p. 1310 sq. berichtet, dass der Papst den Mönchen von Cluny von der geschehenen Abdankung Anzeige machte, und eine Neuwahl vorzunehmen befahl. Den Befehl zur Neuwahl erwähnt auch Ord. Vit. l. l.

go's Todestag) geschrieben ist, nicht füglich nach Ende des Jahres 1121 vollendet haben.

Nun wurde der Entschluss des Pontius, seinem Amte zu entsagen, durch Zwistigkeiten mit seinen Mönchen veranlasst, welche längere Zeit im Verborgenen blieben, endlich aber zum ganz offenen Ausbruch kamen, und vor der Welt das grösste Aergerniss verursachten. „Qui (Pontius) primis assumptionis suae annis", sagt Petrus Venerabilis [21]), „satis modeste ac sobrie conversatus, procedente tempore mores mutavit, et multis ac diversis casibus vel causis fratrum pene universorum animos exasperando, eos paulatim contra se concitavit. Dissentientes illi ab eo, et quod multa mobilitate vel levitate animi, nullis bonorum consiliis acquiescendo, ut dicebant, res monasterii pessundaret, inter se nunc pauci, nunc plurimi, tandem pene universi [22]) murmurabant. Mansit tamen res aliquamdiu tecta inter eos, nec ad aures secularium per decennium fere pervenit. Prorupit tandem eousque lis occultata diu, ut non solum ad circumpositos, sed insuper ad remotissimos quosque hujus dissensionis malum pertingeret, et ipsas summi pontificis ac Romanae curiae aures impleret" etc. [23]). Hildebert aber übersendet sein Werk „venerabili atque reverentissimo abbati Pon-

---

[21]) l. l.

[22]) Nach Ord. Vit. l. l. nur „quidam", allein Ord. sucht alles dies und besonders das Spätere, was Pontius verübte, als er im Jahre 1126 mit Gewalt nach Cluny zurückkehrte, für diesen möglichst milde darzustellen, ganz im Widerspruch damit, wie wir diese Dinge aus den Berichten des Petrus Venerabilis und der Chronol. abb. Clun., sowie aus verschiedenen Aktenstücken (cf. Jaffé 5101. 5170. 5171. 5202. 5239. 5240. 5241. 5243 und Mab. An., editio Lucensis, VI. 601) kennen lernen. — Die Chronol. abb. Clun. p. 1622 hat zwar anfangs nur: „Hoc anno (1122) domnus Pontius pro quibusdam negotiis hujus ecclesiae agendis apostolicam sedem adiit: ibi quadam animi sui commotione exasperatus in manu domni apostolici Calixti abbatiae Cluniacensi inconsulte abrenuntiavit" etc., ohne den Zwist mit den Mönchen ausdrücklich zu erwähnen, spricht aber bald nachher (p. 1623) auch von der „concordia erga se (Pontium) tam. monachorum quam burgensium Cluniensium."

[23]) Nach Ord. Vit. l. l. klagten die Mönche den Pontius in Rom beim Papste an, „quod in actibus suis vehemens esset ac prodigus, et monasticos sumptus immoderate distraheret in causis inutilibus."

tio" [24]), und in der Vorrede sagt er an einer Stelle, wo er
sich entschuldigt, dass er es gewagt habe, „post amplioris litteraturae viros" über Hugo zu schreiben: „Praesumptionis hujus auctor est Pontius . . . . . Lingua Pontii causam movit,
auctoritas egit, religio peroravit. Resistere Pontio difficile, qui
ad impetrandum quadam praerogativa gratiae vel silens adjuva-
tur" [25]). Zudem heisst es am Schluss des Vorworts: „Conser-
vet te dominus deus filiis adoptionis suae, pater sancte. No-
veris autem, quia mihi vicem rependis, si diligis me et oras
pro me" [26]). Ist hier auch das „pater sancte" möglicherweise
nichts als ein damals dem Abt von Cluny zukommender Titel,
so spricht doch Hildebert auch sonst in den angeführten Stellen
von Pontius noch in durchaus ehrenvoller Weise, und man
muss daraus schliessen, dass zu der Zeit, als er dies schrieb,
jene allgemeine Unzufriedenheit, jenes grosse Aergerniss noch
nicht offen ausgebrochen war. Bestätigend kommt hier hinzu,
dass, wie ich im nächsten Paragraphen zeigen werde, auch der
von Hildebert abhängige Mönch Hugo seine vita Hugonis noch
vor dem Rücktritt des Pontius (und nach dem 6. Januar 1120)
verfasst hat, und es folgt also, dass Hildebert's Werk nicht
erst ganz kurz vor jener Abdankung vollendet sein kann.

Einiger Grund zur Klage über Pontius muss aber damals
doch schon vorhanden und dem Hildebert bekannt gewesen sein.
Dieser erzählt nämlich, dass Hugo nach seinem Tode einem
gewissen Bernhard erschienen sei, und diesem dort unter Anderem gesagt habe: „Dices autem Pontio successori meo, ut
ab humilitate nullatenus declinare sustineat, operibus instet mi-
sericordiae, suarum immemor injuriis moveatur alienis. Super
omnia zelo legis ferveat, circa delinquentes nec remissus sit
indulgentia, nec immoderatus disciplina" [27]), worauf die Vision
verschwunden sei. Rainald, dessen Benutzung durch Hildebert
ich nachweisen zu können glaube, hat diese Geschichte nicht.
Mönch Hugo, welcher wesentlich von Hildebert abhängig ist,

[24]) p. 413.
[25]) ibid.
[26]) p. 414.
[27]) p. 488.

übernimmt auch diese Erzählung von ihm, verfährt aber dabei in etwas auffälliger Weise. Er kürzt dieselbe nur wenig ab, bringt aber das, was Hugo bei der Erscheinung zu Bernhard spricht, ganz eben so vollständig und fast ganz mit denselben Worten wie Hildebert, bis er an die an Pontius gerichtete Ermahnung kommt. Hier fasst er sich plötzlich ganz kurz und allgemein, und sagt bloss: „Defer Pontio successori meo hanc admonitionem meam, ut servet sibi innocentiam, aliis misericordiam" [28]). Warum giebt er diesen letzten Theil der Rede nicht eben so vollständig wieder, wie den nicht auf Pontius bezüglichen ersten? Er war Mönch in Cluny, und ich erwähnte bereits, dass er seine vita Hugonis noch in der letzten Zeit von Pontius' Regierung geschrieben hat. Combinirt man dies mit jener auffälligen Abkürzung, jenen ziemlich wenig sagenden Worten, so wird man nothwendig darauf geführt, in der specialisirten Ermahnung bei Hildebert doch noch eine tiefere Bedeutung zu erkennen. Mag man sich immerhin von dem betreffenden Vorgang als wirklich geschehn erzählt haben, jene Ermahnung macht so wie sie ist — zumal in Anbetracht dessen, dass der Skandal zwischen Pontius und seinen Mönchen ja nicht mit einem Schlage eintrat, sondern sich allmählich entwickelte — den entschiedenen Eindruck einer von Hildebert selbst an Pontius gerichteten freundschaftlichen Warnung, und dass sie dies in der That ist, scheint aus dem Verhalten des Mönches Hugo ihr gegenüber hervorzugehn: Quod licet Jovi non licet bovi, und dem Mönch konnten deutliche Anspielungen auf das Benehmen seines Abtes und unbequeme Mahnungen an denselben doch vielleicht übel bekommen. Darum macht er in den flüchtigsten und allgemeinsten Worten ab, was er ganz und gar doch nicht übergehen konnte, da es einmal in seiner Quelle so stand, und einen wichtigen Bestandtheil der ganzen Geschichte bildete.

Man muss nach allen diesen Erwägungen zu der Ansicht kommen, dass Hildebert seine vita Hugonis zwar nicht ganz kurz, aber auch nicht allzu lange vor dem Rücktritt des Pontius verfasst hat. Es stimmt dies durchaus zu dem bereits im

---

[28]) Bibl. Clun. p. 446 sq.

vorigen Paragraphen gefundenen Ergebniss, dass er nämlich, da er den Hugo „B. Hugo" [29]) nennt, nach dessen Heiligsprechung, d. h. nach dem 6. Januar 1120 geschrieben haben muss, und nach den angeführten Punkten ist es mir wahrscheinlich, dass dies noch in demselben Jahre, schon bald nach der Canonisation geschehen ist.

Hildebert hat sein Werk nicht in einem Zuge zu Ende gebracht: „Supersunt", sagt er an einer Stelle [30]), „adhuc tanta virtutum ejus (Hugo's) atque operum insignia, ut ad eorum relationem assumpta paululum requie velut anhelantem equum necesse sit respirare. Quapropter ad horam stylum deponimus, dei servo, cui ille famulatur, adjuvante fiducialius quae restant aggressuri" [31]). Diese Pause kann in der That nur von kurzer Dauer gewesen sein, wie man in Rücksicht auf das oben Bemerkte schliessen muss.

Dass Hildebert schriftliche Quellen benutzt hat, sagt er selbst [32]): „Retractare conatus sum quae jam scripta legeram, non de illis tamquam de visis aliquid attestari." Und weiter fügt er dann über die Composition seines Werkes hinzu: „Nemo autem miretur, cum in praesenti opere viderit additum aliquid, cum suppressum, tum immutatum, quod non apposuerunt, quod non tacuerunt, quod aliter scripserunt, qui de Hugone scripserunt ante me. Addidi, fateor, sed quod ipse vidi, sed quod audivi, cui testimonium perhibeo, et verum est testimonium meum. Sane quod omnino suppressi, ideo factum est, ne id, quod lectum calumnias movere poterat, auctoritati derogaret eorum, quae sine fidei periculo et scribi potuerunt et credi. Mutatum autem hoc solum opinor, quod Andegavensis comes Gaufredus cognomine Martellus in abbatem praesumpsisse memoratur Hugonem, cujus quia praefatis scriptoribus veridici defuere relatores, falsitatis notam incurrerunt."

---

[29]) Man sehe §. 2. Anm. 18.

[30]) p. 431.

[31]) „Videtur bipartitum fuisse opus, sic ut finem hic caperet liber primus et inchoaretur secundus." Papebroch bei Boll. Apr. III. 645 not. a.

[32]) p. 413.

Welches mögen nun seine schriftlichen Quellen gewesen sein? Er selbst nennt nur den Ezelo und Gilo als solche, die vor ihm das Leben Hugo's beschrieben haben: „Ex hoc autem", sagt er in der Vorrede [33]), „praecipue veniam confiteor postulandam, quod post amplioris litteraturae viros, Ezelonem loquor atque Gilonem, qui de beatissimo Hugone illo vigilantes scripsisse *leguntur*, ausus sim pertractandam aggredi materiam, quos velut a longe secutus, pro homine simiam pinxisse, et finxisse pro amphora urceum [34]) inveniar." Später erwähnt er sie noch einmal, indem er, nachdem er über einzelne hervorragende Cluniacenser gesprochen, fortfährt: „De quibus loqui plura supersedemus, ad agnitionem devotionis eorum sufficere judicantes, quod ante nos de eis Ezelo atque Gilo, clarissimi scilicet viri, vigilantius scripsisse *traduntur*" [35]). Man sieht, er selbst hat gerade diese beiden Schriftsteller nicht gelesen [36]),

---

[33]) p. 413.

[34] Cucherat, Cluny au onzième siècle p. 97 macht darauf aufmerksam, dass hier eine Anspielung auf den Anfang der Ars poetica des Horaz vorliegt, besonders V. 21. 22:

.... „Amphora coepit
„Institui: currente rota cur urceus exit?"

[35]) p. 438.

[36]) Ohne andere Belege als die beiden von mir so eben angeführten Aeusserungen Hildebert's zu haben — wenigstens ohne solche anzuführen — ist Papebroch in dem commentarius praevius ad acta S. Hugonis, Boll. Apr. III. 633 anderer Ansicht: Hildebert habe, behauptet er, den Ezelo und Gilo wirklich, und zwar sie allein vor Augen gehabt. Der erste Theil dieser Behauptung wird schon durch das „vigilantes scripsisse *leguntur*" vollständig widerlegt, und den Ausdruck „quos velut a longe secutus", in welchem das Bildliche durch das „velut" noch besonders hervorgehoben wird, kann Hildebert, auch ohne jene Beiden benutzt zu haben, recht gut anwenden, da er mit ihnen denselben in seinen Hauptmomenten ja feststehenden Stoff behandelt. Und was den zweiten Theil von Papebroch's Behauptung anlangt, so folgt daraus, dass Hildebert nur den Ezelo und Gilo namentlich erwähnt, noch keineswegs, dass er von andern Schriften über Hugo nicht gewusst, resp. solche nicht benutzt habe. Es kommt ihm hier gar nicht darauf an, die früheren Biographen vollständig aufzuführen: nur die Bedeutendsten unter ihnen will er hervorheben, an denen er sich fürchte gemessen zu werden.

und seine Kunde von ihren Werken erst aus mindestens einer andern Schrift, worin dieselben erwähnt waren, vielleicht auch ausserdem noch — wie das „traduntur" anzunehmen gestattet — aus mündlicher Mittheilung über sie. Ob jene andere Schrift (resp. Schriften), der er das Urtheil über Ezelo's und Gilo's Arbeiten entnommen, ebenfalls eine Biographie Hugo's war, ob ein Werk anderen Inhalts, oder ob auch vielleicht ein oder mehrere Briefe gemeint sind, das lässt sich nicht beurtheilen. Dass diese Quelle jedenfalls unter den übrigen mir bekannten Lebensbeschreibungen Hugo's (die Sammlung des Anonymus secundus mit einbegriffen) nicht zu suchen ist, geht schon daraus hervor, dass in diesen die genannten beiden Autoren nirgends Erwähnung finden.

Eben so wenig liegen die Autoren vor, welche Hildebert in der oben citirten Stelle bezüglich des Grafen von Anjou berichtigt zu haben erklärt [37]). Nach seinen Worten zu schliessen, waren es mindestens zwei.· Möglich, dass Ezelo und Gilo, vielleicht auch die Quelle resp. Quellen, wo er über Ezelo und Gilo las, möglich aber auch, dass noch andere Schriften gemeint sind. Auf das betreffende Faktum selbst komme ich noch unten §. 13 zurück, doch sei gleich hier bemerkt, dass Hildebert dasselbe nachher [38]) vom Grafen Gottfried dem Bärtigen von Anjou, dem Nachfolger des von jenen Früheren genannten Gottfried Martel, erzählt, und dass diese Namensänderung sowohl wie sein ganzer bezüglicher Bericht anderweitig Bestätigung findet. Ob seine Verbesserung sich bloss auf den Namen, oder auch auf das Sachliche erstreckt, lässt sich natürlich nicht beurtheilen.

Doch glaube ich wenigstens zwei Quellen Hildebert's zu finden. Ich erwähnte bereits früher, dass unter allen uns erhaltenen Lebensbeschreibungen Hugo's ein Zusammenhang besteht. Von dem Verhältniss Hildebert's zu Mönch Hugo und den beiden Anonymi wird in den folgenden Paragraphen die

---

[37]) Rainald und die beiden Anonymi haben die betreffende Geschichte nicht; Mönch Hugo bringt sie, aber in offenbarer Abhängigkeit von Hildebert, worüber ich im folgenden Paragraphen spreche.

[38]) Hild. p. 429.

Rede sein. Mit Rainald aber wollen wir ihn sogleich in einigen Stellen zusammenhalten, wobei die bei beiden gleichen Worte mit Cursiv-, die völlig synonymen Ausdrücke mit halbfetter Schrift bezeichnet sein sollen.

Rain. p. 649.	Hild. p. 414.
Igitur vir *beatus*, ex **nobilissimis** Burgundionum [39]) prosapiae lineam trahens, *patre Dalmatio viro consulari*, *matre* vero *Aremburge*, **religiosa** admodum *femina*, neque viro natalibus impari, procreatus est. Quae venerabilis matrona hac de qua agimus felici sobole **gravida**, *cum* partus instaret, *quemdam* **venerabilem** *sacerdotem*, ut *pro* sui **partus angustiis** alleviandis deo *sacrificium* **afferret**, censuit exorandum. Cujus devotis precibus vir dei dum obtemperasset, videbat; et ecce *in* ipso **sacrosancto** *calice* **quasi** *cujusdam* **infantuli imago** *apparebat* etc.	*Beatus* **itaque** Hugo, natione Eduensis [39]), **generosis** parentibus illustris .... fuit .... *Dalmatius pater* ejus, *vir* scilicet *consularis*, *mater*que *Aremburgis* nomine ... **Devota** siquidem deo *femina* etc. *Cum* enim ipsa, **in utero habens, puerperii labores** et periculum formidaret, **religiosus** *quidam* sanctaeque opinionis *sacerdos* ad altare domini *sacrificium pro* ea **oblaturus** accessit. Deinde **sacrum** celebranti mysterium·· **velut** *cujusdam* **pueri species** *in calice* *apparuit* etc.

Rain. p. 651.	Hild. p. 423.
Fuit quoque vir *quidam* mirae simplicitatis et gratiae, *nomine Durannus*, Tolosanae civitatis *episcopus*, qui, quamvis religiosus *vita* fuisset, *tamen* ex animi jucunditate aliquando *verba risum moventia proferebat*. De qua re *cum* saepius a sancto patre, cujus et *monachus* erat, **argueretur**, quadam die in spiritu praedixit ei, quia	*Quidam* namque *monachus nomine Durannus moventia risum verba proferre* consueverat, indocilis judicialem deponere levitatem. Idem *tamen* in caeteris, adversus quae non est lex, ita sibi consuluerat, ut prius in abbatem, dehinc in *episcopum vita* provehi mereretur et doctrina. Qui *cum* abbatem minus audiret **increpantem,** „Frater, inquit ei abbas, nisi dignam egeris poenitentiam,

[39]) Edua (Aedua) ist das heutige Autun und liegt im Herzogth. Burgund.

Rain.	Hild.
postquam ab hac vita migraret, ore spumoso per visum alicui fratrum *appareret:* quod ita *factum est* etc. Cui postquam revelata visio est, vir plenus spiritu sancto *septem fratribus* **hebdomada** *una silentium indixit;* sed *unus ex eis violavit* quod sex illibatum **servaverunt.** Tunc **episcopus iterum** etc.	**post transitum spumantibus labiis** ad superos rediens *apparebis."* *Factum est* autem etc. Quod cum pius pater . . . didicisset, electis *septem fratribus silentium una indixit* **septimana,** quatinus oris excessus oris obedientia purgaretur. **Obedientibus** aliis, *unus* **eorum** praecepti *violator* silentium interrupit. **Rursus pontifex** etc.

Rain. p. 652.	Hild. p. 426.
Erat quidam, *Willelmus nomine*, qui ad *quamdam obedientiam* a sancto patre missus fuerat, *quem* mox in *crure tantus* percussit *morbus, ut injunctae* **obedientiae succumberet,** et *tumore* **evagante** ipsum crus ferre nequiret. Tunc concepta *fide* „**Per** illum, **ait, qui me** *huc* **direxit,** *tibi* **dico pestis,** *ut obedientiam,* quae *mihi injuncta* est, **implere** me **sinas."** Dixit, et *nocte* **insecuta** a *duobus* viris, *qui se* **missos** *a* **sancto viro** *dicerent,* visitari se **vidit,** et in specie medicorum ab eis **medicari** et curari.	*Erat* in *quadam obedientia* monachus *nomine Guillelmus,* *qui*, diuturna *cruris* infirmitate decumbens, *injuncta* sibi **exequi non poterat officia.** Hoc enim in *tantum tumorem* **excesserat,** *ut* amissa naturali forma globus quidam videretur. Cum autem *morbus* excrescens nihil aliud quam mortem loqueretur, ille totus ad abbatis meritum spe conversus et *fide*, manibus admotis tumenti cruri „**Praecipio, inquit,** *tibi*, **passio,** in nomine Jesu Christi et **ex parte** patris, **cujus praeceptis** *huc* **veni,** *ut* recedens **permittas** *injunctam mihi* explere *obedientiam."* **Sequenti** *nocte* dormienti *duo* in albis **apparuere** monachi, *qui dicerent se* a **B. Eugene directos.** Dehinc unus quidem cruri manus apposuit, infudit oleum,

Rain.	Hild.
Mane autem **expergefactus sanum** se ab omni **valetudine persensit.**	alter vero leniori et velut suspenso contactu partes infirmas perungere visus est. Quo peracto cum recedentibus monachis ipsa recessit infirmitas, et incolumitatem, quam **medicina** non potuit, gratia reduxit. **Evigilans** monachus, cum **sentiret** exterminatas **infirmitatis** angustias, beato patri suo restitutam adscripsit **sanitatem.**

Solche Beispiele finden sich viele.

Man beachte hier die Uebereinstimmung in den einzelnen Zügen der Erzählung, ferner die Gemeinsamkeit vieler Worte und Wendungen, endlich die vielen synonymen Ausdrücke, bei denen die Absicht nicht zu verkennen ist, eine allzu starke Entlehnung von der Quelle zu vermeiden. Die Annahme eines beiden Schriftstellern gemeinschaftlichen mündlichen Berichterstatters dürfte jene Umstände nicht erklären. Auch bemerkt Hildebert bei zweien der Geschichten, die er mit Rainald gemein hat, und die mit den entsprechenden Rainald's entschiedene Verwandtschaft haben, nämlich der von der Heilung des Aussätzigen in Gascogne [40] und der von der Heilung des am Fuss kranken Theoderich [41a]) ausdrücklich, dass er sie gelesen habe.

Dann erinnere man sich dessen, was schon im vorigen Paragraphen von Rainald gesagt ist: auf jeden Fall hat er frühzeitig geschrieben; schriftliche Quellen erklärt er nicht zu kennen, und an der Wahrheit dieser Aussage zu zweifeln liegt sonst keine Berechtigung vor. Die oben angeführten Beispiele aber, wie überhaupt die dem Hildebert mit Rainald gemeinsamen Erzählungen machen die Annahme einer beiden gemeinschaftlichen schriftlichen Quelle hierfür nicht nöthig.

Dazu kommt, dass Hildebert das, was sich bei Rainald

[40]) Hild. p. 425; Rain. p. 650.
[41a]) Hild. p. 425; Rain. p. 652.

einfacher, objektiver und primitiver dargestellt findet, meist mehr oder minder vervollständigt, ausgemalt und ausgeschmückt giebt, wie wir dies besonders bei dem dritten der angeführten Beispiele beobachten konnten; dass ferner fast alles von Rainald Berichtete sich auch bei Hildebert wiederfindet, welcher dann aber noch bedeutend mehr bringt; dass endlich — wie ich nach den im vorigen Paragraphen dargelegten Argumenten annehmen zu müssen glaubte — Rainald seine vita Hugonis vor dem 6. Januar 1120, während Hildebert nach diesem Tage, also Rainald früher als Hildebert geschrieben hat.

Erwägt man dies Alles, so wird man sich dem Schluss nicht entziehen können, dass Rainald Hildebert's Quelle gewesen ist [41b]).

Die Verwandtschaft beider fällt nicht gleich auf den ersten Blick so schroff in die Augen, wie dies bei den Schriftstellern der damaligen Zeit meist der Fall ist, wenn der eine den andern benutzt hat: Hildebert entlehnt im Vergleich zu Andern wenig Worte von seiner Quelle. Der Grund davon liegt einfach in seiner grösseren Gewandtheit in der lateinischen Sprache. Hiervon zeugen seine zahlreichen Schriften, auch heisst es ausdrücklich in den Acta episc. Cen. [42]) über ihn: „Cum in ecclesia loqueretur, populus quidem verba ejus devotissime audiebat; sed studiosius audiebatur a clericis, quoniam latina lingua expeditius quodammodo atque vivacius loquebatur." Vermöge dieser grösseren sprachlichen Sicherheit hat er nicht nöthig, sich so wörtlich an Rainald anzulehnen, und lässt überhaupt ein gewisses Streben erkennen, im Ausdruck möglichst aus der Abhängigkeit von seiner Quelle loszukommen. Völlig davon frei zu werden, daran verhindert ihn jedoch das andere Streben, die Sache, wenn auch oft mit Ausschmückung und weiterer Ausmalung, doch auch wieder möglichst genau nach

---

[41b) Dass Hildebert aber ausser Rainald auch noch andere schriftliche Quellen gehabt hat, geht ausser den bereits oben angeführten Gründen auch schon daraus hervor, dass mehrere der Geschichten, welche Hildebert ausdrücklich gelesen zu haben erklärt, sich bei Rainald nicht finden.

[42]) cap. 35. p. 313.

dem Original, d. h. in seinem Sinne möglichst wahrheitsgetreu wiederzugeben, und die Synonyme, die er zu diesem Zwecke braucht, beweisen in ihrer guten Wahl nur um so deutlicher, dass die bei beiden übereinstimmenden Worte nicht blos auf zufälligem Zusammentreffen beruhen, sondern wirklich aus direkter Entlehnung herzuleiten sind.

Auch zu Eadmer's Leben des Erzbischofs Anselm von Canterbury († 1109) finden sich an einer Stelle Hildebert's deutliche Beziehungen. •

Eadmer, vita Anselmi lib. II §. 55, bei Migne CLVIII. 107.	**Hild. p. 421.**
Ivit Anselmus Marciniacum loqui domino abbati Cluniacensi Hugoni et sanctimonialibus. Ubi cum ante ipsum abbatem consedissemus, et de his quae inter Anselmum et regem (Wilhelm II von England) eo usque versabantur, verba ut fit nonnulla hinc inde proferrentur, intulit idem venerabilis abbas sub testimonio veritatis, proxime **praeterita** *nocte* **eundem** *regem* ante thronum dei accusatum, **judicatum**, *sententiam*que **damnationis** . *in* eum **promulgatam** etc. (Es war dies nach Eadmer's Angabe am 30. Juli 1100.) §. 58 p. 108: *Siquidem* secunda die mensis Augusti (a. 1100) . . . . **idem** *rex* mane in silvam *venatum* ivit, ibique illum *sagitta* *in corde percussit*, **et nulla interveniente mora exstinxit.**	Erat ille dei servus (Hugo) Marciniaci, simulque cum eo . . . Anselmus Cantuariensis archiepiscopus etc. Erant et alii tres monachi, Balduinus scilicet et Emerus (Eadmer) atque Eustachius etc. Ad quos B. Hugo conversus: „Ex abundanti, inquit, est archiepiscopo divina reserare **judicia**; quibus judex justus deponit potentes de sede et exaltat humiles. Vobis autem dicimus, *in regem* **Anglorum** *nocte* **transacta datam** esse praescriptionis (wohl **proscriptionis**) *sententiam*, eumque brevi regnaturum." Pauci dies fluxerant, et ecce beati viri vaticinium qui promissus fuerat secutus est eventus. **Praescriptus** *siquidem* *rex*, dum *venationis* insisteret studio, *sagitta* cujusdam militis *in cor percussus* est, **statimque** morte praeventus subita **expiravit** [43].

43) Ausserdem bringen diese Geschichte Mönch Hugo und Anonymus primus, welche beide, wie ich in den folgenden Paragraphen zu erweisen hoffe, von Hildebert abhängig sind. So haben sie auch diese

Eadmer war selbst bei jener Unterredung in Marcigny zugegen, und nach der angestellten Vergleichung ist nicht gut
anzunehmen, dass Hildebert hier nach mündlichem Bericht
schreiben sollte. Doch verfasste Eadmer die vita Anselmi erst
nach seiner Historia novorum [44]), welche wieder erst nach dem
20. Oktober 1122 vollendet worden ist [45]), also später, als Hildebert seine vita Hugonis geschrieben haben kann. Unmöglich
kann diesem demnach das Werk Eadmer's fertig vorgelegen haben. Zur Erklärung dient hier, was Eadmer selbst an einer
Stelle sagt [46]): „Mihi ab infantia hic mos erat, semper nova,
quae forte, sed maxime in ecclesiasticis, occurrebant, diligenti
intentione considerare, ac memoriae commendare." So wird er
auch jenes merkwürdige Ereigniss bald nachdem es geschehn
aufgezeichnet haben. Von ihm kann dann, da er sich auch
später noch mit Anselm längere Zeit in Gallien aufhielt, diese
Erzählung leicht direkt in Hildebert's Hände gekommen, oder
auch durch einen Andern abgeschrieben worden sein, dem sie
nachher Hildebert entnahm.

Es wäre wichtig für die Beurtheilung Hildebert's, zu wissen, wie viel er von früheren Schriftstellern übernommen, wie
viel sein eigener Zusatz ist, allein das lässt sich, so lange wir
nicht alle jene Quellen selbst haben, nicht mit Sicherheit erkennen. Denn zwar setzt Hildebert ausser den beiden oben

---

Erzählung von Hildebert, nicht etwa von Eadmer direkt, übernommen.
Bei Mönch Hugo (Bibl. Clun. p. 441) ist das ganz offenbar; nicht ganz
so deutlich, doch ebenfalls nicht zu bezweifeln bei dem Anonymus primus (Boll. Apr. III. 656), dessen Bericht folgendermassen lautet:
„Quodam vero tempore cum esset (Hugo) apud Marciniacum, adjuncto
sibi praeclaro Anselmo Cantuariensi archiepiscopo, qui propter justitiam
ab archiepiscopatu semotus jucundabatur ejus solatio, divina revelatione
admonitus mortem Wilhelmi regis Angliae momentaneam praenuntiavit:
Et ut praedixerat accidit. Nam dum ille per saltus fugaces cervos sa-
gittare gestiret, sagittam subito in corde suscepit, qua miles suus cer-
vum impetebat."

[44]) Wie aus seiner Vorrede zur vita Anselmi, bei Migne CLVIII.
49 sq., hervorgeht.

[45]) Wie aus dem Ende der Historia novorum, bei Migne CLIX. 524,
hervorgeht.

[46]) Hist. nov. lib. II, bei Migne CLIX. 416.

angeführten Ezelo und Gilo betreffenden Stellen noch öfters bei den einzelnen Erzählungen ein „legitur" [47]) oder „leguntur" [48]) hinzu, doch finden sich auch andere, unbestimmtere Ausdrücke, wie „supersunt" [49]), „nonnulli asserunt" [50]), bei denen man also nicht sieht, ob damit schriftliche oder mündliche Ueberlieferung gemeint ist. Ueberdies haben auch von denjenigen Erzählungen nicht wenige mit solchen Rainald's grosse Aehnlichkeit, bei denen Hildebert nicht ausdrücklich hinzufügt, dass er sie gelesen oder überhaupt von Anderen überkommen habe. Dass er selbst dabei gewesen sei, bezeugt er nur einmal ausdrücklich, nämlich bei der Zusammenkunft Hugo's mit Bischof Hoëllus von Le Mans, von der schon oben die Rede war.

Fragen wir nun nach der Glaubwürdigkeit Hildebert's im Allgemeinen, so konnte er jedenfalls über seinen Gegenstand gut unterrichtet sein. Allerdings wird man, da er ausschmückt und in rhetorischer Fülle darstellt, bei ihm nicht jedes Wort auf die Wagschale legen dürfen, sondern den Kern der Sache suchen müssen. Indess, wo wir seine historischen Nachrichten an anderen, mit ihm in keiner Beziehung stehenden gleichzeitigen Berichten messen können — und das ist zu verschiedenen Malen möglich — da stösst uns bei ihm doch nirgends eine Entstellung oder Verdrehung der Thatsachen auf. Auch giebt sich bei allem Streben nach Schönheit und Fülle der Form doch in den vielen synonymen Ausdrücken, auf die ich oben aufmerksam machte, auch wieder der Wunsch zu erkennen, die Ereignisse in möglichst genauem Anschluss an die Quellen, d. h. in seinem Sinne möglichst der Wahrheit gemäss darzustellen. Auch einige Kritik sehn wir ihn üben, wenn er in der Vorrede sagt: „Addidi, fateor, sed quod ipse vidi, sed quod audivi, cui testimonium perhibeo, et verum est testimonium meum. Sane quod omnino suppressi, ideo factum est, ne id, quod lectum calumnias movere poterat, auctoritati derogaret eorum, quae sine fidei periculo et scribi potuerunt et credi." Wenn

---

[47]) p. 427.
[48]) pp. 425 (zweimal) und 438.
[49]) pp. 423 und 431.
[50]) p. 430.

er dann gleichwohl noch Dinge glaubt und erzählt, die heut-
zutage Jeder belächelt, so dürfen wir, was der ganzen Zeit an-
gehört, eben nicht dem einzelnen Manne in Rechnung stellen.
Es ist schon immer von Werth für uns, dass er nicht Alles
bedingungslos glaubt und wiedergiebt.

Als Quelle für die Geschichte Hugo's steht Hildebert nicht
so hoch wie Rainald, doch kommt er diesem an Werth sehr
nahe. Wie zu den Wundererzählungen, so kommt auch zu dem
positiven Ertrag für die Geschichte, den Rainald ergiebt, durch
Hildebert noch ein gutes Theil hinzu. Aber auch wo er blos
das bei Rainald Gelesene wiedergiebt, ist für uns immerhin
diese Bestätigung eines Mannes wichtig, der noch persönlich —
und zwar als Mann in bereits gereiften Jahren — über ein Decennium lang den Hugo gekannt und ihm nahe gestanden, und
dem überdies auch, als er schrieb, noch vielfach der Bericht
von Augenzeugen, und für die früheren Zeiten von solchen,
welche die Erzählung von Augenzeugen gehört, zu Gebote stehen musste [51]). Besonders wichtig ist natürlich diese Bestätigung in Bezug auf allerlei persönliche Züge Hugo's, wie überhaupt über dessen Charakter, wenn man blos nach der Möglichkeit, gut unterrichtet zu sein, urtheilen will, Hildebert's
Angaben kaum denen Rainald's unterzuordnen sein dürften, da
auch der Letztere wohl noch ein Kind war, als Hugo auf der
Höhe seiner Kraft und seines Geistes stand. Indess wir dürfen auch hierbei nicht vergessen, dass, wenn schon in unserm
nüchternen Zeitalter die Züge eines lieben Verstorbenen sich
uns idealer gestalten, dies bei der so erregten und schöpferi-
schen Phantasie der damaligen Zeit noch in weit höherem Grade
der Fall sein, und dass das Erinnerungsbild, welches die jüngeren Zeitgenossen von Hugo bewahrten, nothwendig von Jahr
zu Jahr sich mehr von dem Original entfernen musste.

Ich muss hier schliesslich noch eine Frage anknüpfen, welche sich zur Beurtheilung der Nachrichten Rainald's aus der
zuletzt angeführten Aeusserung Hildebert's ergiebt. Ist diese

---

51) Ich citire ihn daher in den das Leben Hugo's behandelnden Ab-
schnitten neben Rainald auch da, wo er offenbar auf dessen Schultern
steht.

wirklich so streng zu nehmen, hat Hildebert von den Berichten
seiner Quellen wirklich nur das weggelassen, was ihm unglaubwürdig oder wenigstens zweifelhaft erschienen ist, so müssen auch wir das, was er von Rainald nicht übernommen, mit
grossem Misstrauen ansehn. Es handelt sich hier für uns um
eine wichtige Geschichte, die ich um so mehr vollständig hersetzen zu müssen glaube, als sie meines Wissens von den Be-
arbeitern der Geschichte dieser Zeiten noch garnicht beachtet
ist [52a] :

„Hujus consilium", sagt Rainald [52b]) von Hugo, „non solum
de vicinis, sed etiam de remotis terrarum partibus petebatur:
nec a privatis dumtaxat personis, sed a magnis ordinibus, regum, imperatorum, pontificum tam Romanae sedis quam alia-
rum multarum sedium: quibus cum tanta moderatione aequitatis
respondebat, ut et deum in omnibus anteponeret, et benevolum
se cunctis exhiberet.

„Quod in schismate Henrici imperatoris contra Romanam
ecclesiam evidenter ostensum est. Ad cujus reconciliationem
cum a summo pontifice Gregorio septimo evocatus fuisset, et
liminibus apostolorum [53]) (quia ibi Caesar cum exercitu suo mo-
rabatur) transmissis ad summum pontificem divertisset, rex hoc
comperto legationem ad eum misit, reprehensibilem eum judi-
cans, quod pro mortali homine praetergressus fuisset. At vir
dei non ex neglectu, sed ex bona intentione se praetermisisse
locum respondit: citius ab apostolis veniam se impetraturum,
si ob reformandam pacem severum pontificem priorem eis adi-
visset, quam in ejusdem pontificis gratiam rediturum, et ad
causam minus profuturum, si sub specie orationis regium pontificali videretur praetulisse colloquium. Et licet in concordiam
vir dei eos non potuisset adducere, tamen imperator paulo mi-
tior factus ex tam rationabili responso Sutriam, ne Romae secundus videret, quem prior videre non potuit, ad ejus colloquium venit: ubi post multum ad invicem habitum verbum rex

---

52a) Jetzt hat auch Pignot II. 85 f. diesen Bericht verwerthet.

52b) Rain. p. 652 sq. Die übrigen (mir bekannten) Biographen Hugo's erwähnen den betreffenden Vorgang nicht.

53) Die Peterskirche in Rom, wo die Gräber der Apostelfürsten Petrus und Paulus sich befinden.

pro quodam Brixiano episcopo, qui ipsi viro dei injuriam captionis, zelo regio ductus, intulerat, flexis genibus satisfecit." Was hier erzählt wird, fällt höchst wahrscheinlich in das Jahr 1083 [54]). Dass Hugo um diese Zeit in Italien war, berichten auch Bonitho [55]) und Petrus Diakonus [56]), und ist nicht zu bezweifeln. Und dass diese Reise einen Zweck wie der von Rainald ihr beigelegte gehabt hat, dürfte man auch ohne dessen Zeugniss aus der Stellung, welche Hugo sonst in dem Kampfe zwischen Kaiser und Papst einnahm, mit grosser Wahrscheinlichkeit schliessen. Ueberhaupt entspricht die ganze Erzählung durchaus dem Verhältniss, in welchem Hugo sonst zu Heinrich IV und Gregor VII erscheint. Sollte Hildebert an ihrer Wahrheit gezweifelt haben?

---

[54]) Man sieht, Hugo kam zu einer Zeit nach Rom, wo König Heinrich die Peterskirche besetzt hielt, während Gregor VII sich wo anders, aber doch ebenfalls in Rom befand. Nach Giesebrecht's (Kaiserzeit, 3te Aufl., III. 546—558. 1153-1156) Darstellung der damaligen Ereignisse ist seine Ankunft demnach nur in drei Zeiträumen möglich: zwischen 3. Juni und ungefähr 1. Juli 1083, ferner zwischen Anfang November 1083 und Anfang Februar 1084, und endlich zwischen 21. März und 21. Mai desselben Jahres. Nun berichtet Bonitho (Ad amicum lib. IX. bei Jaffé, Bibl. rer. Germ. II. 678), dass Hugo nach der Gefangennehmung des Bischofs Otto von Ostia, welche nach Bernold's Zeugniss um den 11. November 1083 stattfand, den König als excommunicirt behandelte, was er bei den von Rainald erzählten Vorgängen offenbar nicht that. Man wird daher diese vor den 11. November 1083 anzusetzen haben, und nach der ganzen Lage der Dinge ist es mir sehr wahrscheinlich, dass Hugo's Ankunft in Rom in die Zeit vom 3. Juni 1083 bis um den 1. Juli desselben Jahres fällt, wo Heinrich, nachdem er zum ersten Male sich der Leosstadt bemächtigt, Sankt Peter und die Umgegend desselben besetzt hielt, während der Papst in der Engelsburg eingeschlossen war. Dass der König, wie Rainald erzählt, ein wenig milder gestimmt wurde, scheint mir nur auf dessen um den 1. Juli erfolgten Abzug von Rom zuzutreffen, durch den er doch zunächst es aufgab, mit Gewalt sich Roms zu bemächtigen und Gregor zur Nachgiebigkeit zu zwingen. Auch war er nach Stumpf, Die Regesten der fränkischen Kaiser (Die Reichskanzler, II, 2.) no. 2852 am 4. Juli 1083 wirklich in Sutri. Die weiteren sich hier ergebenden Consequenzen an dieser Stelle zu erörtern, würde zu weit vom Gegenstande abführen.

[55]) bei Jaffé, Bibl. rer. Germ. II. 678.

[56]) Chron. Casin. III. 51 bei Pertz Mon. Germ. Scr. VII. 741.

Wenn Hildebert an einer schon oben angeführten Stelle sagt: „De quibus loqui plura supersedemus, ... sufficere judicantes, quod ante nos de eis Ezelo atque Gilo ... vigilantius scripsisse traduntur", so sieht man, dass er doch nicht immer nur das weggelassen hat, was er für unglaubwürdig hält; und wenn es, wie ebenfalls bereits erwähnt, in seiner Vorrede heisst: „Mutatum autem hoc solum *opinor* etc.", so ist deutlich, dass er doch nicht ganz genau weiss, was er von den überkommenen Nachrichten geändert hat. Schwerlich hat er dann, als er die Vorrede schrieb, noch bestimmt gewusst, was er alles weggelassen, und wir werden die bezügliche Aeusserung nicht gerade buchstäblich verstehn dürfen.

Es lässt sich auch mit ziemlicher Wahrscheinlichkeit der Grund erkennen, aus dem Hildebert gerade jene für uns so wichtige Erzählung nicht wiedergegeben hat. Was Rainald daran nachweisen wollte, sieht man aus den ihr vorhergehenden Worten, und dafür passt sie auch als Beleg ganz wohl. Ihm kommt es hier vorzüglich auf einen Charakterzug Hugo's, auf sein Benehmen gegen Andere an, und dazu trägt es im Grunde genommen wenig aus, ob seine Bemühungen auch den besten Erfolg gehabt haben. Fasst man aber auch die andere Seite ins Auge, das Verhalten der Anderen gegenüber Hugo, so konnte allerdings der Umstand, dass der König nur ein wenig nachgiebiger wurde, nicht sofort sich in Allem seinem Pathen fügte, dass diesem die Versöhnung nicht gelang, um derenwillen er eben nach Italien gerufen war, dieses Beispiel als Illustration für eine Darstellung, welche die Verherrlichung Hugo's zum Zweck hatte, nicht wohl geeignet erscheinen lassen. Jedenfalls musste jener Misserfolg den Effekt bedeutend abschwächen, und diese Erwägungen, möchte ich glauben, haben den Hildebert bestimmt.

§. 4.

Mönch Hugo.

Dieser scheint aus Francien gebürtig und noch im Laienstande gewesen zu sein, als ihn Abt Pontius auf einer Reise durch jene Gegenden kennen lernte, und in Cluny Mönch zu werden bewog. Er erzählt dies selbst [1]), und es ist alles, was mir von seinem Leben Zuverlässiges bekannt geworden ist [2]).

Wir besitzen von ihm über Abt Hugo I zweierlei Auf-zeichnungen: einmal einen Brief an Abt Pontius, worin er auf dessen Geheiss einiges von den Biographen Hugo's Vergessene aufzeichnet, und ausserdem eine wirkliche Lebensbeschreibung, im Auftrage des Convents von Cluny verfasst. Vollständig fin-det man beide in der Bibl. Clun., den Brief pp. 557—560, die vita pp. 437—448, und zwar die letztere herausgegeben aus einer alten Handschrift, welche damals (1614) dem Kloster Saint-Martin-des-Champs in Paris gehörte [3]).

Dass jener Brief die erste Aufzeichnung ist, welche Mönch Hugo über Abt Hugo I macht, geht aus den einleitenden Wor-ten desselben hervor [4]). Nun wird in ihm unter Anderem die Heiligsprechung Hugo's beschrieben und deren Zeit, der 6. Ja-nuar 1120, angegeben. Ferner lautet die Ueberschrift: „Patri serenissimo Cluniacensi abbati Pontio domino suo servus Hugo", und Zweck wie Inhalt und Haltung des Briefes gestatten kei-nen Zweifel, dass Pontius auch wirklich noch Abt von Cluny ist. Schon die ganze Haltung scheint zugleich auch eine Ab-fassung erst in der letzten Zeit vor der Abdankung des Pon-tius (Anfang 1122) auszuschliessen, und ich hoffe darzuthun,

---

[1]) In der vita Hugonis, Bibl. Clun. p. 441.

[2]) Nach Jöcher's Gelehrtenlexikon, 2te Auflage (Leipzig 1726), I. 1859 wäre er der spätere Hugo III, 1157—1163 Abt von Cluny. Den Beweis hierfür habe ich nirgends gefunden.

[3]) Man sehe oben Seite 15 Anm. 1.

[4]) „Dum tuam, pater, excellentiam penso", heisst es dort, „injussus coram te loqui non audeo. Sed quoniam memoranda quaedam de ma-gno Hugone sancto praecessore tuo tacita video, si tua jubeat me fari dignatio, pauca de plurimis, parva de maximis, brevi expedio. Ista quidem diffusos scriptores illos miror obmisisse, qui de eo tanta volu-mina conscripsere. Quae refero praesentibus notissima sunt, sed poste-rorum memoriae, ut jubes, mandata sunt" etc. Die darauffolgenden Erzählungen über Hugo finden sich nachher auch in der vita desselben Verfassers wieder. Dass der Brief von beiden Arbeiten die frühere ist, erkennt auch schon Papebroch in dem commentarius praevius ad acta S. Hugonis bei Boll. Apr. III. 684.

dass auch die nach dem Briefe verfasste vita noch vor jenem
Ereigniss, und auch nicht erst ganz kurz vor demselben geschrieben ist. Wieder wird der Brief auch nicht gleich nach
Hugo's Canonisation verfasst sein. Denn sein Zweck ist, wie
gesagt, einiges Bemerkenswerthe über Hugo, das bisher noch
keinen Aufzeichner gefunden, der Nachwelt zu überliefern. Bereits hatten „diffusi scriptores" über Hugo „tanta volumina"
geschrieben. Den Hildebert konnte man recht gut so bezeichnen. Was in dem Briefe steht, findet sich bei ihm eben so
wenig wie überhaupt bei den übrigen mir bekannten Biographen Hugo's; auch hat ihn der Mönch, wie ich unten zeigen
werde, nachher in der vita entschieden benutzt. Es ist mir daher wahrscheinlich, dass Pontius, erst nachdem er das Werk
Hildebert's gelesen, jenen Brief als Supplement dazu veranlasst hat.

Natürlich ist, als die spätere von beiden Arbeiten, auch
die vita nach dem 6. Januar 1120 verfasst, und wir bedürfen
hier des früher angewandten Argumentes nicht, dass Hugo auch
hier „B. Hugo", „S. Hugo", und kurzweg blos „Sanctus" genannt wird. Nun machte ich bereits im vorigen Paragraphen
aufmerksam auf die auffällige Behutsamkeit, mit der sich Mönch
Hugo gegenüber jener von Abt Hugo nach seinem Tode an
Abt Pontius gerichteten Mahnung verhält: ganz anders dürften
die betreffenden Worte gelautet haben, weit ausführlicher und
eingehender ausgefallen sein, wenn, nachdem jener ebenfalls
schon oben §. 3. erwähnte Streit in Cluny offen ausgebrochen,
Pontius bereits abgedankt gehabt hätte. Dazu wird Pontius in dieser
vita einmal „ejus patris pii (Abt Hugo's) pius filius" [5] genannt.
Ganz gewiss durfte der Mönch gegenüber dem Convent von
Cluny, in dessen Auftrage er schreibt [6], und dessen grosse
Mehrzahl doch bei jenem Zerwürfniss gegen Pontius war, so
nicht sprechen, wenn der Zwist bereits ganz offen geworden
war, und noch viel weniger, wenn Pontius damals schon ent-

---

[5] p. 441.

[6] Der Anfang der vita lautet: „Patrum Cluniacensium conventui
sancto servus Hugo. Charitas, quae libera servit, piis me jussionibus
parere compellit. Praecepto igitur, non praesumptione suscepi" etc.

sagt hatte. Wir haben demnach auch diese vita in die Jahre 1120—1121 [7]) zu setzen.

Warum zu den bereits vorhandenen ausführlichen Lebensbeschreibungen Hugo's noch diese neue nöthig erschien, und zugleich wie der Verfasser in der Ausnutzung seiner Quellen verfahren ist, darüber sagt er selbst in der Vorrede: „Nec eis praejudico, qui ante me de Sancto eleganti scripsere calamo: sed nostris servio, dum quaedam ab eis omissa colligo, profusius edita contraho, ne occupatos onerem, multa praetereo.‟

Für die Auffindung seiner schriftlichen Quellen ergab sich ein negatives Indicium schon aus dem Briefe, und ich erwähnte bereits, dass dasjenige, was er in demselben, als bisher noch nicht aufgezeichnet, berichtet, bei den übrigen vier Biographen sich nicht findet. Danach könnten sie also sämmtlich ihm vorgelegen haben. Indess zu den beiden Anonymi finde ich direkte Beziehungen nicht, sie lasse ich für jetzt bei Seite. Und bezüglich des Verhältnisses zu Rainald bin ich nicht zu einer festen Ueberzeugung darüber gekommen, ob hier ein unmittelbarer Zusammenhang, worauf einzelne Wortanklänge hinzudeuten scheinen, oder blos ein durch Hildebert vermittelter vorliegt.

Denn dass zwischen Hildebert und Mönch Hugo eine direkte Verwandtschaft besteht, zeigt schon eine flüchtige Vergleichung beider. Man erkennt dieselbe am deutlichsten in mehreren Erzählungen, welche nur sie beide haben, und von denen ich eine als Beispiel hier folgen lasse.

---

[7]) Sollte etwa Jemand die von mir angeführten Gründe nicht für ausreichend halten, so wird er doch zugeben müssen, dass die hier in Rede stehende vita wenigstens nach dem Jahre 1126 ganz gewiss nicht geschrieben sein kann. Denn welcher Mönch von Cluny hätte, nachdem Pontius in diesem Jahre mit bewaffneter Mannschaft gewaltsam in Cluny eingedrungen, und dann eine Zeit lang dort gar arg gewirthschaftet, nachdem ihn deswegen der Bannstrahl des Papstes getroffen, dem Convent von Cluny gegenüber es wagen dürfen, diesen Frevler noch als „pius‟ zu bezeichnen? Die Quellen für diese Vorgänge sehe man oben Seite 21 Anm. 22.

Hild. p. 429.	Hugo monachus p. 441.

Coenobium B. Martini, quod *Majus-monasterium* dicitur, comitis *Andegavensis*, videlicet *Gaufridi* cognomine *Barbati*, tyrannica praesumptio vehementer affligebat.

Rogatus dei servus (Hugo) a praefati abbate coenobii, ut et consilio et orationum interventu *oppressae* subveniret abbatiae, *Turonis* usque fatigari non distulit, eo libentius difficultatem viae assumens, quo idem locus a Cluniacensi disciplina monasticae religionis fundamenta susceperit. Veniens autem ad comitem, cum nihil proficeret verbis, nec amplecti genua *nec advolvi pedibus erubuit*. Assumpta est *omnis* forma supplicandi, qua mansuetudo etiam apud crudeles provocatur potestates.

Ille tamen, animum gerens obduratum, abbatem aversatus est supplicantem. Qui ad hanc quoque prorupit insaniam, ut diceret se beati Martini conventum ad obsequium unius asini redacturum. Surgens tandem dei servus a pulvere, cum assumptum chlamyde tyrannum salutiferis emollire niteretur eloquiis, ille *rupta, qua chlamys astringebatur, fibula*, contemptis exhortationibus abscessit.

Abscedenti vir *prophetico* tactus spiritu *illud Samuelis* dixisse memoratur: „*Scissum est regnum tuum a te hodie.*" Quod profecto *vaticinium* rei exitus declaravit. Expulsus et-

Turonis venerat Hugo pater, ut pro abbatia *Majoris-monasterii*, quam violentia *comitis Andegavensis Gaufredi* cognomento *Barbati* nimis *oppresserat*,

intercessor adesset.

Cum *omni* itaque humilitate comitem exorans, quia duriorem invenit, *nec* ejus *advolvi pedibus* sanctus *erubuit*.

Quem dum nullatenus ab oppressione monasterii compescere posset, ipsumque cum indignatione recedentem

retinere vellet,

fibula, qua chlamys stringebatur comitis *disrupta* est.

Abeunte itaque *prophetica* voce *illud Samuelis* ei illico inclamavit: „*Scissum est regnum tuum a te hodie.*" Qui mox juxta viri dei *vaticinium* perdidit

Hild.	Hugo mon.
enim a *consulatu* , tamdiu contemptor ille *a fratre suo Fulcone* de*tentus* [est *in carcere*, ut non priùs a custodia corpus quam spiritus a corpore *solveretur.* Cui ad cumulum ultionis hoc etiam accessit, ut a-misso *sensu* in pueriles ineptias ad mortem usque deliraret.	*consulatum.* *Tentus* enim *a fratre suo Fulcone,* positusque *in carcere,* *sensu* quoque debilitatus, non exivit captivus nisi morte *solutus.*

Man wird zugleich schon hiernach, in Rücksicht des „profusius edita contraho" Mönch Hugo's, kaum zweifeln, dass der Letztere hier der Abhängige ist. Und nun erinnere man sich, dass dies die Geschichte ist, in welcher Hildebert seine Vorgänger berichtigt zu haben erklärt [8]). Dass wir nicht wissen, ob und wie viel er ausser der Verbesserung des Namens des Grafen noch geändert, trägt hier garnichts aus, da der Mönch die ganze Erzählung in völliger sachlicher Uebereinstimmung mit ihm bringt, und schon allein, dass Mönch Hugo jenen berichtigten Namen adoptirt, genügt unter den obwaltenden Umständen vollkommen für den Beweis, dass er den Hildebert benutzt hat. Und er hat ihn sehr viel benutzt; wesentlich schliesst er sich gerade an ihn an, was in einzelnen Ausdrücken selbst da zu merken ist, wo er neben Hildebert auch mündliche Berichte hatte.

Sollte Rainald ihm nicht ebenfalls unmittelbar vorgelegen haben, so muss der Mönch nothwendig noch mindestens eine mir unbekannte Quelle gehabt haben, da er von einer Mehrheit von Biographen Hugo's spricht.

Zu dem nun, was er den früheren Biographen entnommen, fügt er, wie er selbst sagt, Neues hinzu. So verwebt er das, was über Hugo schon in dem Briefe steht, auch in diese Darstellung, doch mit Weglassung des Berichtes über Hugo's Canonisation, und mit einiger Veränderung der einen Erzählung, wohl in Folge inzwischen erhaltener anderer Nachricht. Dazu kommen dann noch verschiedene andere Geschich-

---

[8]) Man sehe oben Seite 24 und 26.

ten. Quelle hierfür war ihm mündliche Ueberlieferung, die ihm aber zugleich vielfach auch noch für das bereits bei Hildebert Verzeichnete zu Gebote stand. Ausdrücklich bezieht er sich oftmals auf dieselbe, theils in Ausdrücken wie „Res ista notissima est, fere tota civitas illa testis est" [9]), und „Rata res est, plurimi noverunt" [10]), theils indem er seine Gewährsmänner, und zwar Augenzeugen, namentlich anführt. So nennt er den Gaufredus de monte S. Vincentii [11]), Rainaldus Eduensis [12]), Stephanus archipresbyter de Parriceio [13]), Rotbertus Sedunensis [14]), Vincentius [15]).

. Eben dies ausdrückliche Sichberufen auf Augenzeugen flösst auch ein gewisses Vertrauen auf die Zuverlässigkeit des Autors ein, während derselbe natürlich dadurch an Werth für uns verliert, dass er erst nach Abt Hugo's Tode Mönch in Cluny wurde, und diesen schwerlich noch persönlich näher gekannt hat.

Im Ganzen ist der Ertrag, den wir aus ihm ziehn, gering, denn weit mehr noch als dem Rainald [16]) und Hildebert ist das eigentlich Geschichtliche ihm Nebensache, und seine Hauptquelle, Hildebert's Werk, besitzen wir. Doch giebt er allein uns Nachricht über die Heiligsprechung Hugo's, der er ohne

---

[9]) p. 442.

[10]) p. 443. So sagt er auch in dem Briefe p. 557: „Quae refero praesentibus notissima sunt."

[11]) p. 439: „Mirandis plus miranda subjungo, quae referentibus viris authenticis probata cognosco. Haec sane referunt Gaufredus de monte S. Vincentii et Rainaldus Eduensis, qui adhuc praesentes sunt." Dann p. 440: „Gaufredus .... et hoc .... se vidisse solet attestari." Und auf derselben Seite: „Testes sunt, qui interfuerunt, venerabiles viri Rotbertus Sedunensis et Gaufredus quem supraposui."

[12]) Man sehe die vorige Anmerkung.

[13]) p. 440: „Stephanus archipresbyter de Parriceio sub omni assertione itidem se ... testabatur vidisse."

[14]) Man sehe oben Anm. 11.

[15]) p. 442: „Religioso viro Vincentio referente didici quod narravi, ipse huic facto interfuit, vidit, et testimonium perhibuit." Und p. 443: „Vidit Vincentius, qui adhuc in laicali habitu fideli sedulus obsequio sanctum sequebatur. Superest: se vidisse testatur."

[16]) Dessen Werke das Mönch Hugo's an Umfang ungefähr gleichkommt.

Zweifel selbst beigewohnt, ferner das Jahr von Hugo's Eintritt in Cluny, und endlich findet sich auch in dem, was er, wie erwähnt, unter Nennung seiner Gewährsmänner berichtet, einiges für uns Brauchbare, welches ich ebenfalls bei Andern nicht finde [17]).

§. 5.

Anonymus primus.

Unter diesem Namen verstehe ich den Verfasser der Lebensbeschreibung unsres Hugo, welche zuerst von Papebroch Boll. Apr. III. 655 · 658 [1]) herausgegeben, und von demselben als „epitome vitae S. Hugonis ab Ezelone atque Gilone scriptae" bezeichnet worden ist.

Dass dieser Anonymus ein Cluniacensermönch war, sieht man daraus, dass er einmal, wo er die Mönche von Cluny bezeichnen will, einfach „nostri" [2]) sagt. Sonst aber lässt er über seine Lebensverhältnisse so wie über seine Zeit nirgends etwas durchblicken, ausser dass er den Hugo „S. Hugo" nennt, woraus ich nach den früher dargelegten Gründen schliesse, dass auch er nach dem 6. Januar 1120 geschrieben hat. That er dies, wie ich glaube, vor dem Anonymus secundus, so darf man, da dieser bereits unter Hugo Mönch in Cluny war [3]), wohl annehmen, dass es noch in der ersten Hälfte des zwölften Jahrhunderts geschehn ist.

Die bereits angedeutete Ansicht führt Papebroch folgendermassen aus [4]): „Vitam (Hugo's) primi scripserunt Gilo et Ezelo Cluniacenses monachi, uti testatur Hildebertus, mox commemorandus. Ea an uspiam integre extet, nescimus: compendium aliquod habere nobis videmur, ex ms. coenobii Bodecensis anno

---

[17]) Wo der Mönch mit Hildebert übereinstimmt, citire ich ihn nachher in den das Leben Hugo's behandelnden Paragraphen nicht weiter.

[1]) Zweite Ausgabe (Rom und Paris) pp. 663 - 665; Migne CLIX. 909—918.

[2]) p. 656.

[3]) Man sehe hierüber den folgenden Paragraphen.

[4]) Im commentarius praevius ad acta S. Hugonis, Boll. Apr. III. 633.

1640 erutum a P. Joanne Gamans. Etsi enim istic non lega-
tur id quod solum a se immutatum Hildebertus praefatur: ce-
tera tamen iis verbis concepta sunt, ut pateat ex iis esse de-
sumpta, quae ipse sola prae oculis habuit; addens quae vidit,
quae audivit: quaedam etiam omittens, ob rationem in prologo
expositam."

Richtig hat Papebroch erkannt, dass, worüber ich noch
nachher eingehender spreche, zwischen der hier in Rede stehenden vita und dem Werk Hildebert's ein Zusammenhang besteht, und er sucht diesen Zusammenhang in der angegebenen
Weise zu erklären, indem er dabei, wie man sieht, von zwei
Voraussetzungen ausgeht: 1) dass Hildebert den Ezelo und
Gilo, 2) dass er sie allein vor Augen gehabt. Indess auch
Papebroch kennt wie ich über das Verhältniss dieser Autoren
zu einander keine anderen Nachrichten, als die beiden bereits
mehrfach erwähnten Aeusserungen Hildebert's selbst, und ich
zeigte schon oben in §. 3. [5]), wie aus ihnen gerade das Gegentheil von dem hervorgeht, was Papebroch daraus geschlossen
hat. Hildebert selbst hat den Ezelo und Gilo nicht gelesen,
und seine Kunde von ihren Werken — denn zu der Annahme,
dass sie gemeinschaftlich nur eine vita geschrieben, liegt in
jenen beiden Stellen ebenfalls keine Berechtigung vor — erst
aus einer oder mehreren anderen Schriften, worin sie erwähnt
waren, vielleicht auch ausserdem noch aus mündlicher Mittheilung über sie. Ob sie in dieser Schrift (resp. diesen Schriften)
mehr oder minder ausgeschrieben waren, ob Hildebert wieder
von dieser Schrift viel und wörtlich entlehnt hat, und auf diese
Weise, obwohl nur mittelbar, doch wesentlich von Ezelo und
Gilo abhängig ist, das können wir garnicht beurtheilen, thut
auch hier nichts zur Sache. Jedenfalls hat Papebroch, da die
von Ezelo und Gilo verfassten Lebensbeschreibungen ihm so
unbekannt waren, wie sie mir es sind, da wir durchaus nicht
wissen, ob und wie weit Hildebert von ihnen abhängig ist,
da der Anonymus selbst für die Auffindung seiner Quellen
auch nicht den geringsten Fingerzeig giebt, kein Recht, wegen

---

[5]) Besonders Anm. 36.

der Verwandtschaft mit Hildebert diesen Anonymus als einen Epitomator Ezelo's und Gilo's zu bezeichnen.

Die hier in Rede stehende vita ist von allen die kürzeste. Sie beginnt, wenigstens wie sie uns vorliegt, ohne alle Einleitung oder Vorrede sogleich mit der Sache selbst. Dass sie nur ein Auszug ist, glaube auch ich, dem Papebroch beistimmend, nach ihrer ganzen Haltung annehmen zu müssen. Es frägt sich aber, woraus ein Auszug. Ausser zu Hildebert finde ich Beziehungen zu Rainald und Anonymus secundus. Da ich den Letzteren — wonach ich die Bezeichnung gewählt — auch hier für den Abhängigen halte, spreche ich von diesem Verhältniss erst im nächsten Paragraphen. Um die Beziehungen zu den beiden Andern zu prüfen, wähle ich zunächst noch einmal die Berichte über Hugo's Herkunft und Geburt, die ich schon oben §. 3. benutzte, um daran die Verwandtschaft Hildebert's mit Rainald zu zeigen.

Rain. p. 649.	Anon. prim. p. 655.	Hild. p. 414.
Igitur vir *beatus*, ex *nobilissimis* Burgundionum [6] prosapiae lineam trahens,	*Beatus Hugo* abbas Cluniacensis Augustodunensis [6] indigena *fuit, nobili* genere,	*Beatus* itaque *Hugo* natione Eduensis [6], generosis parentibus illustris, praerogativa vitae pariter et virtutum titulis illustrior *fuit.* Is cum infirmitatem evasisset infan-
patre Dalmatio viro consulari,	*patre Dalmatio consulari, viro* bellicis rebus intento. Hujus	tiae *Dalmatius pater* ejus, *vir* scilicet *consularis*,
matre vero Aremburge,	*mater*	*mater*que Aremburgis nomine circa eruditionem pueri diversum gerebant affectum. Devota siqui-
religiosa admodum femina, neque viro natalibus impa-		dem deo femina literarum studiis ideo

[6] Augustodunum ist dasselbe wie Edua (Aedua), nämlich das heutige Autun, und liegt im Herzogthum Burgund.

Rain.	Anon. prim.	Hild.
ri procreatus est. Quae venerabilis matrona,		censebat eum mancipandum, quia nondum nato promissam divinitus asserebat sacerdotii dignitatem. Cum
hac de qua agimus felici sobole *gravida , cum partus* instaret,	*gravida , cum* in *partu* graviter *labor*aret,	enim ipsa, in utero habens , puerperii *labor*es et periculum formidaret, *religiosus*
quemdam venerabilem *sacerdotem ,* ut *pro sui* partus angustiis alleviandis deo sacrificium afferret , censuit *exorandum.* Cujus devotis precibus vir dei *dum* obtemperasset,	*quemdam sacerdotem religiosum pro sui* liberatione et nascituri salute missam *celebrare exo*ravit. Qui *dum* missarum solennia attentius peroraret, et in contemplatione suspensus super semetipsum sustolleretur, *vidisse in*	*quidam* sanctaeque opinionis *sacerdos* ad altare domini sacrificium pro ea oblaturus accessit. Deinde sacrum *celebranti* mysterium
videbat; et ecce in ipso sacrosancto *calice*	*calice* fertur, cui ardentius incumbebat,	
quasi cujusdam *infant*uli imago apparebat :	*speciem infant*ilem, super humanum modum radiantem. Digna prorsus visio etc. [7].	velut cujusdam pueri *species in calice* apparuit, inaestimabilem praeferens claritatem etc.
in qua exprimere poterat etc.		

[7]) Man könnte hier vielleicht die Vermuthung aussprechen, der Anonymus primus bilde das Mittelglied zwischen Rainald und Hildebert; indess das widerlegt sich einmal schon durch genaue Vergleichung der drei Autoren, andrerseits dadurch, dass die Verwandtschaft des Hildebert mit Rainald auch in vielen Erzählungen offenbar ist, welche der Anonymus primus nicht hat. — Das angeführte Beispiel lässt uns auch einen Blick thun in die Entstehung der unzähligen Wunder- und Visionengeschichten der damaligen Zeit: der Priester sieht offenbar in dem Weine des Kelches sein eigenes verkleinertes Spiegelbild, aber ganz in fromme Betrachtung versunken, und getreu dem Charakter sei-

Hildebert hat, wie ich früher darthat, hier den Rainald
vor Augen gehabt. Der Anonymus nun zeigt hier Beziehungen
zu beiden, doch die zu Rainald überwiegen entschieden. Rainald kann nach den früheren Darlegungen den Anonymus nicht
benutzt haben. So wird das umgekehrte Verhältniss obwalten,
denn die Vermittelung eines unbekannten Dritten anzunehmen
finde ich keinen Grund.

Um das Verhältniss des Anonymus zu Hildebert noch näher zu untersuchen, lasse ich hier zwei Erzählungen folgen,
welche ich nur bei ihnen beiden finde.

Hild. p. 422.	Anon. prim. p. 656.
Quadam autem nocte, dum fatigatis artubus modico sopore vir dei consuleret, *videre* visus est de*cubantium sub capite suo serpentium multitudinem*, caeteraque diversi generis reptilia, quibus ille perturbatus *somnum* continuare non poterat. Dehinc amoto pulvinari *librum Maronis* reperit, eoque pro*jecto* somnum duxit tranquillum. Apta rei *visio,* cum nihil aliud quam quaedam venena sint fabulae poetarum.	Alio tempore, cum dormiret idem pater, *vidit* in *somno sub capite suo cubare serpentium multitudinem* et ferarum, qui, sub capite excutiens et exquirens supposita, invenit *librum Maronis* forte ibi collocatum. Mox ab*jecto* seculari codice in pace quievit, cognovitque modum materiae libri *visioni* congruae, quem obscoenitatibus et gentilium ritibus plenum indignum erat cubiculo sancti viri substerni [8]).

ner Zeit, besinnt er sich nicht erst auf den natürlichen Zusammenhang,
sondern erkennt darin sogleich eine göttliche Offenbarung, die er dann
symbolisch weiter ausdeutet. Vgl. unten §. 9. Anm. 35.

[8]) Eine ähnliche Erzählung findet sich von Abt Odo von Cluny (927
—942) in dessen Leben, geschrieben von seinem Schüler Johannes.
Dort heisst es ₍Bibl. Clun. p. 18): „Virgilii cum voluisset legere car-
mina, ostensum fuit ei per visum vas quoddam, deforis quidem pul-
cherrimum, intus vero plenum serpentibus. A quibus se subito circum-
vallari conspicit, nec tamen morderi: et evigilans serpentes doctrinam
poetarum, vas, in quo latitabant, librum Virgilii, viam vero, per quam
ncedebat valde sitiens, Christum intellexit. Interea quanta in eum coe-

Hild. p. 417.	Anon. prim. p. 655.
Imperator Teutonicorum, *secundus* [9]) scilicet *Heinricus*, ejus faciem videre et familiaritatem adipisci desiderans, ut *venire* dignaretur *ad se* supplici voce postulavit. Postulantem pius pater exaudit, intrat Saxoniam, summo pariter et honore sus*cipitur* et gaudio. Paucis ibi diebus peractis ex petitione regis *filium* ejus *sacro de fonte levavit*, puero nomen patris	*Henricus secundus* [9]) *imperator* . . . . . . floridum patrem sibi arctius colligare decrevit. Itaque sanctum Hugonem, pubescente *aetate* vernantem, *venire ad se* invitavit, invitatum gloriose *accepit;* et ut *filium* suum Henricum tertium [10]) *de sacro fonte levaret* gratanter obtinuit. Tunc im-

pit postmodum emanare virtus patientiae, succincte describam. Deinde relictis carminibus poetarum, alti edoctus consilii, ad evangeliorum prophetarumque expositores se totum convertit." Dass diese Erzählung mit der an Hugo's Namen geknüpften einen Zusammenhang hat, ja dass sie — wenn auch vielleicht selbst nicht original (vgl. Wattenbach, Deutschlands Geschichtsquellen, 2te Auflage, S. 210 Anm. 1.) — die Quelle der letzteren ist, unterliegt wohl kaum einem Zweifel. Doch, nach vielen analogen Fällen zu urtheilen, ist dabei an eine direkte Entlehnung, also an eine Benutzung der vita Odonis durch Hildebert, resp. dessen Quelle hierfür, nicht zu denken. Auch trägt die Gestalt der jüngeren Version deutlich die Spuren der von Mund zu Munde gehenden Ueberlieferung. Nur die Hauptpunkte hafteten: der Virgil, die Schlangen, der Abt von Cluny; die näheren Umstände dagegen wurden theils verwischt, theils umgebildet. Die ganze Geschichte wurde roher: das sinnige Bild der schönen (wohl antiken) Vase wurde nicht recht verstanden und daher (oder auch vielleicht aus frommem Eifer, um nämlich dem Heiden Virgil auch nicht den Vorzug der schönen Form einzuräumen) abgeworfen; und statt der feinen Auslegung der Vision durch Odo findet Hugo handgreiflich unter seinem Kopfkissen die Bedeutung des schrecklichen Traumes. So umgestaltet und — was ja der Sage ebenfalls keine Schwierigkeit zu bereiten pflegt — auf den andern Namen übertragen, wird dann Hildebert, oder eventuell seine schriftliche Quelle hierfür, diese Erzählung aus der mündlichen Ueberlieferung aufgenommen haben.

[9]) Als König der Dritte, wie er gewöhnlich bezeichnet wird.

[10]) sc. imperatorem; als König ist er der Vierte, wie er gewöhnlich heisst.

Hild.	Anon. prim.
ponens. *Celebravit* autem *pascha cum imperatore* *in Agripina Coloniae,* Teutonicis mirantibus in juvenili adhuc *aetate* caniciem morum etc.	etiam *pascha celebravit* paschalis agni filius una *cum imperatore,* angelica Cluniacensium seniorum stipatus caterva, *in Agrippina Colonia.*
Tandem *vix* impetrata *redeundi* licentia, pastor pius ad ovile revertitur, dona deferens ampliora, quae velut quoddam dilectionis pignus a praefato rege transmissa sunt.	Nec multo post *vix* ab Augusto laxatus, Cluniacum *rediit,* muneribus comitatus et gratia.

Nach diesen Beispielen wird, denke ich, auch die nahe Verwandtschaft des Anonymus mit Hildebert keinem Zweifel unterliegen, und es fragt sich nun, ob Papebroch vielleicht darin Recht hat, dass diese Verwandtschaft aus Gemeinsamkeit der Quellen, nicht aus direkter Benutzung des einen durch den andern, herzuleiten ist. Dass in Rainald eine beiden gemeinsame Quelle vorliegt — wovon jedoch Papebroch nichts weiss — wird, glaube ich, deutlich sein. Aber die blosse Gemeinsamkeit in der Benutzung Rainald's lässt noch in nicht wenigen Erzählungen die Verwandtschaft Hildebert's und des Anonymus unerklärt, und zum Beispiel die beiden, die ich so eben angeführt habe, finden sich, wie bereits gesagt, bei Rainald nicht. Soll man nun annehmen, dass hier wieder eine andre gemeinschaftliche Quelle zu Grunde liegt?

Wenn es sich um die Erklärung der Verwandtschaft zweier Autoren handelt, so liegt es doch am nächsten, vor allen Dingen zuzusehn, ob die Beziehungen derselben sich aus direkter Benutzung des einen durch den andern erklären lassen, und erst wenn sich eine solche Auskunft als unhaltbar erweist, wird man sich nach einer andern Lösung umsehn. Dass in dem vorliegenden Falle jene Erklärung unmöglich ist, beweist Papebroch nicht, sondern schneidet alle Gründe mit einem bequemen „patet" ab. Fände sich nun das, was Hildebert im Vergleich zu den Früheren verändert, oder irgend eine von den Geschichten, welche er ausdrücklich gelesen zu haben erklärt, bei dem Anonymus, so könnte man aus der Vergleichung der beiderseitigen Berichte vielleicht beurtheilen, ob das gegenseitige Verhältniss derselben in Gemeinsamkeit der Quellen beruht. Alle solche Anhaltspunkte aber fehlen, und der Anonymus selbst sagt über seine Quellen garnichts. Auch sonst finde ich bei Vergleichung beider Autoren nichts, was ausser Rainald noch andere gemeinschaftliche Quellen anzunehmen nöthigte. Sie scheint mir im Gegentheil sehr entschieden auf eine unmittelbare Abhängigkeit des einen von dem andern hinzuweisen. Denn ausser der völligen Uebereinstimmung der Gedanken, die sich in der Erzählung über den Virgil selbst bis auf die am Schluss angeknüpfte Erwägung erstreckte; ausser den vielen gleichen oder ganz ähnlichen Worten und Wendungen, wie wir sie in den beiden angeführten Beispielen sehen konnten, fällt hier noch ein Moment bedeutend ins Gewicht: die Reihenfolge der beiden Schriftstellern gemeinsamen Erzählungen — und was der Anonymus bringt, findet sich fast alles auch bei Hildebert, und in diesem Falle auch in sachlicher Uebereinstimmung mit demselben — obwohl durchaus nicht durch chronologische Ordnung bedingt, ist, wenn man von einer einzigen Vertauschung der Stellung zweier Geschichten [11]) absieht, bei dem Anonymus genau dieselbe wie bei Hildebert, dessen Werk ungefähr fünf Mal so viel enthält als das jenes. Kurz, es ist mir garnicht zweifelhaft, dass zwischen dem Anonymus und Hildebert eine ganz direkte Verwandtschaft besteht, und ich würde jene andere Möglichkeit garnicht weiter discutirt haben, wenn nicht die Hypothese Papebroch's eine eingehende Widerlegung verlangt hätte.

Eben jene Gleichheit der Aufeinanderfolge der beiden Autoren gemeinsamen Erzählungen ist auch entscheidend für die weiter sich ergebende Frage, ob nun Hildebert den Anonymus benutzt hat, oder umgekehrt. Hildebert nämlich ordnet seinen

---

[11]) Während bei Hildebert (p. 418 sq.) der Bericht über Hugo's Thätigkeit auf dem Reimser Concil dem von Hildebrand's Anwesenheit in Cluny unmittelbar vorhergeht, folgt er ihm unmittelbar bei dem Anonymus primus (p. 656).

Stoff nach allgemeinen Gesichtspunkten, und ein gewisser Plan
der Anlage tritt bei ihm entschieden hervor. Er ist hierin von
Rainald, den er doch benutzt hat, durchaus unabhängig. Soll
man nun etwa annehmen, dass er von dem Anonymus, welcher, wie gesagt, nur etwa den fünften Theil dessen, was Hildebert, und kaum halb so viel als Rainald berichtet, diese seine
Anordnung — wobei, wie ebenfalls schon erwähnt, chronologische Folge durchaus nicht massgebend ist — geborgt habe?
Dass er von diesem, welcher seine Erzählungen meist ohne einen bindenden Gedanken hervorzuheben, ohne dass er den
Grund der Zusammenstellung und Folge erkennen lässt, an einander reiht, das Schema entlehnte, in das er die ganzen vier
übrigen Theile seines Stoffes eingeschachtelt hat? Etwas meiner Ansicht Widersprechendes ist mir nirgends aufgestossen,
und es steht mit derselben ganz im Einklang, dass sowohl Hildebert als der Anonymus primus nach, Hildebert aber höchst
wahrscheinlich sehr bald nach dem 6. Januar 1120, wohl noch
in demselben Jahre, jedenfalls nicht nach dem nächsten, geschrieben hat.

Der Anonymus primus ist in ähnlicher Weise verfahren
wie Mönch Hugo: was in seinen Quellen ausführlicher stand,
hat er meist kürzer zusammengezogen, und nur zuweilen dem
Vorgefundenen noch etwas Ausschmückendes hinzugefügt. Sehr
Vieles hat er ferner um der Kürze willen ganz weggelassen,
und endlich einiges Neue hinzugethan.

Der Ertrag, den wir aus ihm ziehn, ist, da wir Rainald
und Hildebert haben, fast gleich Null. Denn auch von dem
Wenigen, welches ich, weil ich seine Entlehnung von ander-
wärts nicht nachweisen kann, ihm als eigen zuerkennen muss,
ist der grössere Theil für die Geschichte ohne Werth, und so
bleiben als einziger Reingewinn einige wenige unbedeutende
Notizen, deren ich nachher, wenn ich von Hugo selbst handle,
am gehörigen Orte gedenken werde. Das Uebrige citire ich
nicht weiter.

§. 6.

Anonymus secundus.

Unter diesem Namen verstehe ich den Autor, dessen Werk in der Bibl. Clun. pp. 447—462 unter der Ueberschrift „Alia miraculorum quorumdam S. Hugonis abbatis relatio ms., collectore monacho quodam, ut videtur, Cluniacensi" herausgegeben ist, und sonst auch wohl „liber de miraculis S. Hugonis" genannt wird.

Dass derselbe ein Mönch von Cluny war, geht aus mehreren seiner Aeusserungen hervor. An einer Stelle nämlich wird Hugo als „S. pater noster" [1] bezeichnet. An einer andern heisst es: „in coenobio nostro quod Sylviniacus dicitur" etc. [2], und das Kloster Souvigny gehörte damals zur Congregation von Cluny. Ferner heisst es einmal, wo die Cluniacenser bezeichnet werden sollen, einfach: „apud nos" [3], und dieselben werden ein andres Mal „fratres nostri" [4] genannt.

Dass der Anonymus secundus ferner noch unter Hugo Mönch gewesen ist, sieht man, wenn er einmal sagt [5]: „Miraculum, quod in vita ejusdem S. patris nostri Hugonis contigisse dignoscitur temporibus nostris, silentio tegendum minime arbitramur" etc. Ob auch aus den Worten: „Vidimus et Hugonem ducem prius Burgundiae, et post militiae spiritualis signiferum" etc. [6], welcher Hugo im Jahre 1078 [7] in Cluny Mönch wurde, und dort nach Ordericus Vitalis [8] noch 15 Jahre lang lebte, etwas für das Alter unsres Autors zu schliessen ist, kann zweifelhaft sein, da dies „vidimus" bei einem so rhetorisch ausschmückenden Schriftsteller möglicherweise auch blosse rhetorische Floskel ist.

---

[1] p. 447.
[2] p. 449.
[3] p. 452.
[4] p. 453.
[5] p. 447.
[6] p. 459.
[7] cf. Gregorii VII registr. VI. 17.
[8] Hist. eccl. ed. Le Prevost, Parisiis 1838—1855, tom. III p. 158 (lib. VII cap. 1) und tom. V p. 34 (lib. XIII cap. 15).

Den Hugo nennt er „S. Hugo", woraus ich nach den früheren Darlegungen schliesse, dass er nach dem 6. Januar 1120 geschrieben hat. Weiter unten werde ich nachzuweisen versuchen, dass er auch von Hildebert und Anonymus primus abhängig ist. Da er, wie gesagt, noch ein Schüler Hugo's gewesen ist, so wird er kaum weit über die Mitte des zwölften Jahrhunderts hinaus gelebt haben.

Sein Werk ist nicht eine eigentliche Lebensbeschreibung, sondern ohne über Hugo's Jugend und Tod zu berichten, trägt er eine Anzahl einzelner Wunder und andrer Thaten desselben, so wie auf ihn bezüglicher anderer Dinge, ohne chronologische Ordnung, Alles in buntem Gemisch und ohne Verbindung zusammen. Was er dabei beabsichtigt, das sehn wir, wenn er in der Einleitung zu der ersten Geschichte sagt [9]): „Multa in diebus S. Hugonis evenerunt in loco Cluniacensi signa digna memoratu ... in quibus potest captari et aedificatio filiorum et paternae virtutis clarificatio, cui adscribenda sunt meritorum suorum insignia." Es sind also zwei Zwecke: die Erbauung der Leser und die Verherrlichung Hugo's. Wenn nun auch der Verfasser nicht blos von Zeichen, die in Cluny passirt sind, sondern auch von vielen andern Dingen spricht, so sieht man doch, wenn er z. B. nach Erzählung des Todes Papst Stephan's X, bei welchem Hugo anwesend war, hinzufügt [10]): „Pensate, charissimi" etc., dass dieselben beiden Zwecke ihn auch bei der Darstellung dieser Geschichten leiten.

Die Darstellung des Anonymus secundus ist meist überaus schwülstig und weitschweifig.

Vergleicht man ihn mit den andern uns erhaltenen Biographen Hugo's, so erkennt man bald seine Verwandtschaft mit Rainald, Hildebert und Anonymus primus.

Mit Rainald hat er ganze Abschnitte wörtlich gemein, und in andern viele Aehnlichkeiten, so dass man nicht zweifeln kann, hier ein Verhältniss unmittelbarer Abhängigkeit vor sich zu sehn. Nach dem aber, was ich oben §. 2. über Rainald gesagt, kann dieser nur der Benutzte sein.

---

[9]) p. 447.
[10]) p. 451.

Ebenso stimmen mit Hildebert einzelne Absätze ganz, in anderen viele Worte überein, nur dass der Anonymus die ganze Erzählung noch mehr breit tritt und ausschmückt. Man wird demnach auch hier an eine ganz direkte Verwandtschaft glauben müssen. Nun darf man bei diesen und ähnlichen Lebensbeschreibungen in der ausgeschmückteren Darstellung desselben Gegenstandes schon immer mit ziemlicher Wahrscheinlichkeit auch die spätere vermuthen. Und dass, wie ich oben §. 3. dargethan, das Werk Hildebert's höchst wahrscheinlich sehr bald nach dem 6. Januar 1120 geschrieben wurde, spricht ebenfalls dafür, dass es von beiden das frühere ist. Dass aber in der That der Anonymus von Hildebert abgeschrieben hat, nicht dieser von ihm, erkennt man deutlich in dem Folgenden, woraus man zugleich sieht, wie ungeschickt und mit wie wenig Verständniss er dabei verfahren ist.

Nachdem der Anonymus [11]) fast wörtlich wie Hildebert [12]), nur zuweilen etwas breiter ausdehnend oder etwas einschiebend, erzählt hat, wie Hugo, durch eine Erscheinung ermahnt, den Bau der neuen Basilika in Cluny beginnt, geht er wörtlich wie Hildebert zu einem folgenden Punkte über, schildert, wie in Cluny unter Hugo's Regiment Hoch und Gering in Demuth und Eintracht mit einander gewohnt habe, und fährt dann ebenfalls wörtlich wie Hildebert fort: „His autem, quae (Hildebert: qui) timore defecti (Hildebert: defectus) monachum profiteri verebantur, providus pater (Hugo) ita monasticam temperabat disciplinam, ut etiam deliciis assueti eam sine querela sustinerent." Unmittelbar hierauf folgt nun bei Hildebert die Geschichte vom Grafen Guigo, welcher sich, weichlich erzogen wie er war, nur wegen der rauhen Mönchskutte, die er auf seiner weichen Haut nicht vertragen konnte, Mönch zu werden scheute, und dem Hugo deshalb gestattete, unter der Kutte weichere Gewänder zu tragen — also ein Beispiel, welches dem inneren Zusammenhange nach als Beleg eng zu dem Vorhergehenden gehört. Der Anonymus bringt auch dies Alles, und zwar wieder ganz wörtlich wie Hildebert, schiebt aber

---

[11]) p. 457 sqq.
[12]) p. 431 sqq.

zwischen die oben erwähnte Stelle, welche den Uebergang zu
der Geschichte vom Grafen Guigo bildet, und diese Geschichte
selbst zuvor noch ein Gedicht über den Bau der Basilika ein,
von dem er doch schon längst zu einer ganz andern Sache
übergegangen ist, und fährt erst am Ende des Gedichtes fort
wie Hildebert: „Hujus rei (nämlich wie Hugo für diejenigen,
welche aus Furcht, dabei nicht auszuhalten, das Mönchsgelübde
scheuten, die Anforderungen der klösterlichen Askese milderte)
Guigo comes testis" etc. [13]). Die Sinnlosigkeit ist hier offenbar, und ebenso, dass der Anonymus der Abschreiber sein
muss, nicht Hildebert es sein kann.

Auf diese Weise hat der Anonymus auch die einzige Stelle,
wo man auf den ersten Blick glauben könnte, er gebe über
seine Quellen eine Andeutung, nämlich die Worte: „Caeterum
non minora meritis acta *leguntur* Hugonis" etc. [14]) mit dem
ganzen Zusammenhang, in dem sie stehn, von Hildebert [15])
wörtlich abgeschrieben.

[13]) An eine Erklärung aus gemeinsamer Benutzung derselben Quelle
hierfür ist garnicht zu denken. Hildebert braucht eine Quelle nicht
wörtlich abzuschreiben, denn in der lateinischen Sprache ist er wohl
zu Hause, und er ist ein Mann von Geist, dem es nicht schwer fällt,
denselben Gedanken auch in eine andere Form zu kleiden. Aus dem
Bewusstsein aber, im Besitz solcher Fertigkeit zu sein, folgt auch unmittelbar und nothwendig das Streben, sie bei sich darbietender Gelegenheit auch zur Geltung zu bringen, zumal wenn dieser Besitz nicht
zu den gewöhnlichen Dingen gehört. So konnten wir denn auch oben
bei der Vergleichung Hildebert's mit Rainald wahrnehmen, wie der
Erstere wenigstens im Ausdruck möglichst aus der Abhängigkeit von
seiner Quelle frei zu werden trachtete. Sollte er nun hier plötzlich faul
geworden sein, allen Ehrgeiz verloren und so lange Absätze von seiner
Quelle wörtlich entlehnt haben? Um bei jener Aenderung der Form
gleichwohl die Sache nicht zu biegen, sahen wir, stand ihm eine Fülle
gleichbedeutender Worte und Wendungen zu Gebote. Sollte er sich
nun hier auf einmal nicht mehr zugetraut haben, der Wahrheit keinen
Abbruch zu thun, wenn er auch nicht der Quelle so wörtlich folgte?
Kurz, es ist garnicht zu glauben, dass Hildebert hier abgeschrieben
haben sollte. Dass aber der Anonymus dies gethan hat, ist klar, und
man wird nach der ganzen Sachlage auch nicht zweifeln können, dass
ihm dabei Hildebert unmittelbar vorlag.

[14]) p. 450.

[15]) p. 425.

Auch die nahe Verwandtschaft des Anonymus secundus mit dem Anonymus primus ist ganz unverkennbar. Am deutlichsten tritt sie in der nur bei ihnen beiden sich findenden Geschichte von dem Selbstmörder Stephanus [16]) hervor. Ich muss diese ganz hersetzen, da ich, die Art des Verhältnisses beider Autoren zu einander zu beurtheilen, weitere Anhaltspunkte sonst nicht finde, und also dazu lediglich auf die Vergleichung der beiderseitigen Darstellungen desselben Gegenstandes angewiesen bin.

Anon. secundus.	Anon. primus.
In coenobio siquidem nostro, quod *Sylviniacus* dicitur, erat *frater quidam*, qui vocabatur *Stephanus*, quem ita *supplantavit hostis antiquus*, ut *sibi manum ingereret*, mortemque quasi *ad coronam martyrii anticipandam* crederet. *Erat tamen* et *iracundiae gravis, qua ejus* conspersione *tentator* pravae usus ad hoc eum perduxit, ut, cum hac vita se privaret, sequenti etiam nec venia dignus fieret, nedum gloria. Cum enim fa mulus putaret dominum suum divertisse *in sylvam* propter necessitatem suam, invenit eum tandem singultantem in occasu. Remansit itaque in trunco corpus cimiterio indignum, *anima* vero *ad judicium rapta*, *accusatore* praesente et *praetendente* cum cuculla *cultellum necatorium*,	Item *in* *Silviniaco* *quidam frater* nomine *Stephanus*, *hostis antiqui supplantatus* insidiis, *manus sibi ingerens* *ad coronam martyrii anticipandam*, se ipsum *in* quadam *sylva* necavit: *erat tamen iracundiae gravis, qua ejus* complectione *tentator* excitatus, forte praevaluit. Hujus *anima ad judicium rapta*, *accusatorem*, *praetendentem* *cultellum necatorium*, infestum habuit. Miser suae prodigus animae, exutus a cucul-

---

[16]) Anon. prim. p. 656; Anon. sec. p. 449.

Anon. sec.	Anon. prim.
hoc *obtinuit apostolica intercessione*, ut *cuculla* ei redderetur non induenda, sed ferenda *in* brachiis, et juberetur ire ac *manere ante introitum claustri Cluniacensis*, *donec precibus fratrum* suorum posset ei cum absolutione concedi licentia vestiendi habitus, *et ordinis sui recipiendi.* Haec revelatio est ostensa *cuidam fratri*, praeceptumque est ei, ut eam *nunciaret domno* Hugoni proximo in capitulo, quatinus *debita* intercessio pro illo fieret. Sed ille, non sollicitus de liberatione fratris, permisit transire tempus usque ad terminum *rogationum.* Quo cum esset *in choro solus, caeteris ad processionem* directis (erat enim *claudus*), *apparuit vigilanti S. Odilo visibili forma cum duobus* aliis fratribus, *factaque oratione* ante altare *vocavit illum*, veniensque *in capitulum* sedit, eumque surgere jubens *increpavit* ejus *pigritiam magna asperitate* et *vehementia*, et *praecepit assessoribus suis* acerrima verbera *illi inferre:* qua *disciplina* inflicta cum terribili comminatione surrexit, atque ad coelestia remeavit. *Post*	la, *apostolica intercessione obtinuit,* quatenus *ante introitum claustri Cluniacensis* tam diu *maneret, cucullam* habens *in* manibus, *donec precibus* S. Hugonis et *fratrum* illam mereretur induere, *et ordinem suum recipere.* Quae dicimus *frater quidam* in visione conspiciens, *domino* abbati *nuntiavit:* non tamen statim ut *debuit.* Quocirca in tempore *rogationum*, quoniam quae viderat nuntiare distulerat, verberibus utique ad propalandum compulsus est. *Ceteris ad processionem* euntibus *solus in choro* remansit, utpote *claudus. Apparuit S. Odilo* eidem *vigilanti visibili forma cum duobus* viris; et ecce *facta oratione, illo vocato, capitulum* ingressus est, fratrisque *pigritiam increpavit magna asperitatis vehementia*, *praecipiens assessoribus suis acriter illi inferre disciplinam.* *Post*

Anon. sec.	Anon. prim.
letanias autem frater, qui noluit integer legatus esse, factus est laceratus *nunc*ius, et illius miseriae, qua laborabat nudus ille fråter, et istius doloris, quem ipse incurrerat. Quod venerandus culparum medicus Hugo audiens et videns, *festi*navit animae illi subvenire, et *tamdiu precibus in*sistere, hostiis et eleemosy*nis*, *quousque* et spiritus mereretur indulgentiam, atque *alia visione cum habitu* suo monstraretur, *et corpus* sepultura *cimiterii non judicaretur in*dignum. Sic dei pietas operata hostem lupum, qui agnum pene deglutierat, coëgit redire vacuum, et praedam illam dimittere.	*letanias* correptus *nunt*iavit abbati tam visionem quam sui afflictionem. Confestim pius pater *eleemosynis, precibus et hostiis tamdiu* praecepit *insistere, quousque* spectrum *alia visione cum habitu* sacro apparuit, *et corpus coeme*terio non *judicatur in*dignum.

Dass hier eine unmittelbare Benutzung des einen von beiden Autoren durch den andern stattgefunden hat, kann nach dieser Vergleichung nicht wohl bezweifelt werden, und es fragt sich weiter, wer da der Abhängige ist. Wie ich im vorigen Paragraphen bemerkte, hat der Anonymus primus, was in seinen Quellen ausführlicher stand, meist kürzer zusammengezogen. Dass er jedoch hier auch den Anonymus secundus excerpirt haben sollte, kann ich nicht glauben. Vielmehr kann ich umgekehrt z. B. in dem Satze „praeceptumque est ei — pro illo fieret“, so wie in dem „cum terribili comminatione surrexit“ nur eine weitere Fortbildung, in dem zu dem „factaque oratione“ hinzugefügten „ante altare“, und in dem zu „veniensque in capitulum“ hinzugethanen „sedit, eumque surgere jubens“ nur eine dem bestehenden Ceremoniell gemässe weitere Ausmalung der einfacheren und ursprünglicheren Darstellung des Anonymus primus erkennen, und habe diesen eben deshalb als primus bezeichnet.

Ich lasse hier schliesslich noch ein Beispiel folgen, in welchem zwar — weil es nämlich fast lediglich von den Quellen abgeschrieben ist — die rhetorisch-schwülstige Darstellung des Anonymus secundus nicht so wie sonst hervortritt, aber die gleichzéitige Benutzung von Rainald, Hildebert und Anonymus primus zu erkennen ist.

Rain. p. 649.	Anon. sec. p. 451.	Hild. p. 419.	Anon. prim. p. 656.
Primum omnium *ipsum de salvatore miraculum* ad *medium deducamus, quamvis ipse non* viderit, *testis tamen fidelis papa Gregorius septimus, qui Hildebrandus antea vocabatur, hujus rei fuisse cognoscitur. Hic etenim dum quadam die in Cluniacensi capitulo (utpote monachus et adhuc Romanae ecclesiae subdiaconus) beato viro assideret, conversus dominum Jesum illi consedere vidit, et quasi in singulis judiciis ejus illi faveret, vultu et habitu hilaris apparebat.*	Praecipuum *de ipso* in *quod,* retulerit [17]), *hilari apparebat, et monastici regulas ordinis ac decreta suggerebat. Ille, suggerentem.*	Aliud quoque sanctitatis ipsius atque meritorum secutum est indicium. Hildebrandus etenim Romanae diaconus ecclesiae, qui postea sedis ejusdem sortitus est majestatem, directus in Gallias, Cluniacense capitulum intravit. Ubi cum aliquamdiu sedisset, collateratum B. Hugoni Christum vidit,	Sed et reverendissimo Hildebranno, mutato et nomine et gradu postmodum Gregorio nuncupato, manifestissime claruit, quod multum gratiae spiritalis pater Hugo obtineret. Hic sane nondum pontificali [apice] insignitus, positus in Cluniacensi capitulo, ipsum mundi judicem perhibuit se vidisse S. Hugoni collateralem; qui sedens a dextris regularem disciplinam fovere prosequebatur.

Mox *ille, cunctis stupentibus, rem siquidem penitus ignorantibus, tanto judici assurgens medium volebat constituere dominum.*

[17]) „retulerit" ist hier ganz sinnlos, da Anon. sec. ja nachher mit Hildebert sagt: „Egressus inde nonnullis quae viderat indicavit", während das „quamvis ipse non viderit" des Rainald noch durch das spätere „quam (sc. visionem) quibus oculis vidisset, nescire se fatebatur" einigermassen seine Erklärung findet.

Rain.	Anon. sec.	Hild.	Anon. prim.
Tandem a patre sanctissimo cur de sede surrexisset requisitus, visionem (quam quibus oculis vidisset, nescire se fatebatur) ut praelibavimus exposuit :	*Egressus inde nonnullis quae viderat indicavit.*		
In quo perpendere possumus, qua puritate et aequitate culpas discutiebat, qui judicem seculorum assessorem habere merebatur.			
Hunc itaque, ut fertur, vir iste tantae auctoritatis et gratiae ob disciplinae severitatem et temperantiae mansuetudinem	*Ex tunc* praedictus papa ille et Gregorius· *familiaritatem* abbatis Hugonis *servi Christi devotius amplexatus est , et sanctitatem praedicavit.*		
blandum vocabat judicem, ob id maxime, *quia* ut mater filiis blandiebatur, et ut pater delicta corrigebat.	Qui etiam *vocare solebat eum blandum tyrannum,* *quia leonem* videbat et *agnum:* leonem in feriendo, quando culpa exigebat : agnum in *parcendo,* quando ratio postulabat.		Hinc papa factus *blandum tyrannum eum voci*tare *solebat ,* cum saevis *leonem,* mitibus *agnum* se exhibuerat , haud ignarum *parcere* subjectis et castigare superbos.

Für die Geschichte ist der Anonymus secundus, obwohl wir Rainald und Hildebert haben, immerhin von nicht ganz geringem Werth. Vorzüglich deshalb, weil wir durch ihn Mehreres über Hugo's Verhältniss zu König Wilhelm dem Eroberer erfahren, wobei uns sogar ein Brief des Ersteren an den

Letzteren mit erhalten wird [18]). Ferner berichtet er von dem Herzog Hugo [19]) von Burgund und dem Grafen Guido [20]) von Mâcon, welche beide in Cluny Mönche geworden waren, und endlich von der Anwesenheit des Peter Damiani in Cluny [21]), über welches Alles ebenfalls die übrigen mir bekannten Biographen Hugo's uns nicht unterrichten. Alles Andere ausser diesen Erzählungen darf man unbeachtet lassen, und auch bei ihrer Benutzung wird man freilich wegen der rhetorisch ausschmückenden Darstellung des Anonymus mit grosser Vorsicht zu Werke gehn müssen.

§. 7.

Ezelo.

Das einzige authentische Zeugniss, welches mir über Ezelo's oder Hezelo's Leben und Stellung bekannt geworden ist, bringt Abt Petrus 'Venerabilis [1]) von Cluny (1122—1156) in einem Briefe an Bischof Albero von Lüttich, wo er, indem er von denjenigen spricht, welche von der Lütticher Kirche nach Cluny gekommen seien, um hier Mönche zu werden, folgendermassen sagt: „Quando Leodiensis ecclesiae memoria apud Cluniacum perire poterit, quae Hezelonem, Tezelinum, Algerum canonicos, magnosque suis temporibus magistros, humilitatis discipulos, et, ut ipsi qui vidimus attestamur, veros monachos fecit? Quorum primus multo tempore pro ecclesia, ad quam venerat, laborans, singulari scientia et praedicabili lingua non solum audientium mores instruxit: sed corporalem novae eccle-

---

18) p. 453 sq. Man vergleiche hierzu die höchst interessante Urkunde Wilhelms von Warren, Grafen von Surrey, über die Stiftung des Klosters des heil. Pancratius zu Lewes in Sussex, des ersten Cluniacenserklosters in England, in dem Monasticon Anglicanum, new edition by John Caley etc. London 1846, tom. V p. 12 sq.

19) p. 459.

20) Ebendaselbst.

21) p. 460 sqq.

1) epist. III. 2, Bibl. Clun. p. 794.

siae [2]) fabricam, quam aliqui vestrorum viderunt, plus cunctis mortalibus post reges Hispanos et Anglos construxit."

Ausserdem ist noch hierher zu ziehn, was in den beiden bereits mehrfach erwähnten Stellen Hildebert's [3]) über Ezelo gesagt war. Er wie Gilo hiessen dort „amplioris litteraturae viri" und „clarissimi viri", und sie sollten über Hugo „vigilantes", und über die hervorragenden Mönche von Cluny aus Hugo's Zeit „vigilantius" geschrieben haben. Ferner wiederhole ich hier noch einmal, wie durchaus kein Grund vorliegt, mit Papebroch anzunehmen, dass Ezelo und Gilo zusammen nur eine vita Hugonis geschrieben haben.

Ob das Werk Ezelo's noch vorhanden ist, weiss ich nicht. Auch Mabillon [4]) erklärt es nicht zu kennen, indem er jedoch hinzufügt: „nisi is sit liber de miraculis sancti Hugonis, qui ejus vitae per Hugonem subjicitur in bibliotheca Cluniacensi." Dass diese Vermuthung alles Grundes entbehrt, ist klar, denn dies „liber de miraculis sancti Hugonis", dessen Verfasser ich Anonymus secundus nenne, ist, wie ich oben dargethan zu haben glaube, erst nach Hildebert's vita verfasst, Ezelo aber schrieb vor Hildebert.

§. 8.

Gilo.

Gilo war Mönch in Cluny [1]), wurde von Calixtus II [2]) (1119—1124) zum Bischof von Tusculum [3]) gemacht, und hieng

---

[2]) Jener grossen und prächtigen Basilika, welche von Hugo im Jahre 1088 gegründet, und erst im Jahre 1131 von Papst Innocenz II geweiht wurde.

[3]) pp. 413 und 433.

[4]) Mab. An. (editio Parisiensis) V. 529.

[1]) cf. Petri Venerabilis abb. Clun. epist. II. 4. 30, Bibl. Clun. pp. 720 sq. 767 sq.

[2]) Mab. An. (Lucae) VI. 273.

[3]) Wie aus der Anrede des ersten der beiden oben in Anm. 1 citirten Briefe des Petrus Venerabilis, welche an Gilo gerichtet sind, hervorgeht; nicht von Ostia, wie Mab. An. (Parisiis) V. 529 hat.

dann dem Anaclet II (1130—1138), Gegenpapst des Innocenz II
(1130—1143) beharrlich an, trotzdem Abt Petrus Venerabilis
von Cluny (1122—1156) die grössten Anstrengungen machte,
ihn von dieser Parthei hinwegzuziehn [4]). Erst nach dem Tode
Anaclet's unterwarf er sich dem Innocenz, und erhielt von diesem die frühere Würde, deren er entsetzt worden war, zurück. Er scheint in derselben noch bis zum Jahre 1142 gelebt zu haben [5]).

Dass er das Leben Hugo's im Auftrage des Abtes Pontius
(1109—1122) beschrieben habe, berichtet Erzbischof Antoninus
von Florenz [6]), welcher zwar erst im fünfzehnten Jahrhundert
lebte, diese Nachricht aber möglicherweise aus dem betreffenden Werke selbst entnahm Was ferner über Gilo bei Hildebert gesagt ist, sehe man im vorigen Paragraphen.

Das Buch Gilo's ist mir nicht bekannt geworden, doch hat
es dem Mabillon vorgelegen [7]), welcher, ohne anzugeben, woher
er dasselbe habe, ob es gedruckt oder als Manuscript ihm zur
Hand gewesen, Mehreres, jedoch geschichtlich Unwesentliches,
daraus citirt. Erstlich führt er an, dass Gilo, von dem Begräbniss Hugo's handelnd, sage: „filius orientis versis versus
orientem vestigiis in mausoleo digne repositus (est)" [8]); ferner,
dass er denjenigen, welchem in der Nacht, in der Hugo starb,
zwei Ruhebetten, bestimmt für diesen und für den Erzbischof
Anselm von Canterbury, und von Engeln gen Himmel getragen, erschienen sein sollen, „sancti Eligii abbatem" [9]) nenne.
Endlich erwähnt er noch Folgendes [10]): „In libro de vita sancti Hugonis, Gilone monacho auctore, vir dei apud Aldechiar-
cam [11]) hospitio exceptus dicitur a comite Ludovico et Sophia
ejus uxore: ubi, cum eis in viridario mensa pararetur, Hugo
facto signo crucis imminentem dispulisse tempestatem perhibetur."

---

[4]) Man sehe Anm. 1.
[5]) Mab. An. (Lucae) VI. 273. 326; Bibl. Clun. not. Querc. p. 127 sq.
[6]) Bibl. Clun. not. Querc. p. 83.
[7]) Mab. An. (Parisiis) V. 529: „Gilonis libellum habemus."
[8]) Ebendaselbst.
[9]) Ebendaselbst.
[10]) Mab. An. V. 476.
[11]) Wohl Altkirch an der Elsasser Ill, etwa 3½ Meile von Basel.

Da nun Mabillon da, wo er von den Biographen Hugo's spricht [12]), ausser Ezelo und Gilo nur den Rainald, Hildebert, Mönch Hugo und das „liber de miraculis sancti Hugonis" (Anonymus secundus) nennt, und dabei die Vermuthung ausspricht, dass letztere sei vielleicht das Werk Ezelo's, da ferner nicht anzunehmen ist, dass der von Hugo handelnde und dabei auch den Anonymus primus enthaltende, bereits 1675 erschienene Band der Acta Sanctorum nicht in seine Hände gelangt sein sollte [13]), so ist man versucht zu glauben, er verstehe unter Gilo den Anonymus primus. Doch stehen dort die citirten Stellen nicht.

Dagegen findet sich die dritte derselben fast Wort für Wort bei Hildebert wieder.

Hildebert p. 426.	Mabillon aus Gilo.
Ludovicus enim *comes, et Sophia uxor* sua, praedicandae scilicet vir et mulier devotionis, eum (Hugonem) *apud Aldechiarcum hospitio* susceperant. Deinde posita *in viridario mensa,* commotus aër tempestatis signa praemisit, turbati discursant ministri, quid fieret ex appositis jam dapibus ignorantes. Caeterum dei famulus elevans manum, *crucis signum* opposuit, et *imminentem* sic abegit *tempestatem.*	vir dei *apud Aldechiarcam* hospitio *exceptus* dicitur a comite *Ludovico et Sophia* ejus *uxore* : ubi, cum eis *in viridario mensa* pararetur, Hugo facto *signo crucis imminentem* dispulisse *tempestatem* perhibetur.

Offenbar giebt hier Mabillon nicht wörtlich Alles, was ihm vorliegt, sondern nur, wie er sehr oft thut, einen sich in den Worten an das Original möglichst anschliessenden Auszug daraus, und nach der Vergleichung möchte man glauben, dass er hier die angeführte Stelle des Hildebert excerpirt hat. Wäre

---

[12]) Mab. An. V. 529.

[13]) Mabillon starb im Jahre 1707, und hinterliess diesen fünften Band der Annalen noch als Manuscript.

der von ihm gegebene Auszug wirklich aus Gilo, so müsste derjenige, bei dem Hildebert über Gilo gelesen hat, diesen an dieser Stelle wörtlich abgeschrieben haben, und selbst wieder von Hildebert abgeschrieben worden sein. Indess Hildebert ist, wie ich schon oben bemerkte, in der lateinischen Sprache sehr gewandt; eine Reihe gleichbedeutender Ausdrücke für dieselbe Sache steht ihm zu Gebote, und die Vergleichung mit Rainald zeigt, dass er, obwohl oft bis in die kleinsten Züge und Wendungen diesem folgend, doch verhältnissmässig wenig Worte von ihm entlehnt, und sich meist durch Synonyme zu helfen weiss. Sollte er nun hier so wörtlich seiner Quelle gefolgt sein? Irrthümer und Verwechselungen sind besonders in diesem fünften Bande der Benedictinerannalen, welcher nicht mehr unter Mabillon's sorgfältiger Leitung gedruckt worden ist [14]), keineswegs selten, und gerade bei der Besprechung der Viten Hugo's habe ich dort mehrfach Verwechselungen gefunden. Eine solche muss ich, so lange ich nicht den Gilo selbst gesehn und mich davon überzeugt habe, dass das betreffende Citat wirklich aus diesem genommen ist, auch in dem vorliegenden Falle annehmen.

Anders dagegen ist es mit dem ersten jener drei von Mabillon aus Gilo gegebenen Citate, welches von dem Begräbniss Hugo's handelt. Dieses findet sich in den mir bekannten Viten nirgends, und man kann daher nicht zweifeln, dass dem Mabillon hier wirklich noch eine von diesen verschiedene Aufzeichnung über Hugo vorgelegen hat.

---

[14]) Er ist erst im Jahre 1713 von René Massuet herausgegeben.

II. Forschungen über Hugo's Leben und Wirken bis zum Jahre 1072.

§. 9.

Hugo's Abkunft und Jugend bis zum Eintritt ins Kloster, 1024 bis um 1039.

Geboren ist Hugo im Jahre 1024 [1]). Er stammt aus

---

[1]) Chronologia abbatum Cluniacensium ad a. 1024, Bibl. Clun. p. 1620. Dieselbe berichtet nachher (p. 1622): „Anno verbi incarnati 1109 beatae memoriae domnus ac venerabilis Hugo, anno ordinationis suae 61, aetatis vero octogesimo sexto, ... 3 Calend. Maji, in hebdomada paschali sancto fine quievit", während Mönch Hugo p. 448 sagt: „Hugo iste, anno vitae 15 monachus factus, 25 abbas sacratus, 85 defunctus, III Kalendas Maji quievit in domino, anno verbi incarnati 1109". (Statt 1109 steht im Text der Bibl. Clun. 1108, doch wird dies hinten bei den Berichtigungen — was Vielen entgangen ist — ohne weitere Bemerkung in 1109 geändert, so dass man wohl annehmen darf, dass hier nur ein Druckfehler vorlag.) Hugo wurde am 22. Februar 1049 geweiht; er starb, wie beide richtig angeben, am 29. April 1109. Auch in Angabe des Geburtsjahres können beide übereinstimmen, nur fällt der Geburtstag nach der Chronol. vor, nach Mönch Hugo, falls auch er das Jahr 1024, nicht das folgende gemeint hat, nach dem 29. April. Alle Schwierigkeiten wären gehoben, wenn man annehmen wollte, der Mönch Hugo habe sich nur einer unrichtigen Ausdrucksweise bedient für das, was er eigentlich habe sagen wollen, nämlich „15, 25, 85 Jahre alt" u. s. w. Man könnte das einem solchen Autor wohl zutrauen, doch will ich hier nicht für eine solche Erklärung eintreten. Jedenfalls wird man, da, wie schon oben §. 2. Anm. 11 gesagt, der Artikel der Chronol. z. J. 1049, also wohl auch der z. J. 1024 noch zu Hugo's Lebzeiten geschrieben ist, da die Angaben der Chronol., so weit sie wenigstens Hugo betreffen und eine Prüfung möglich ist, sich als genau und zuverlässig bewähren, da endlich die positive Angabe des Jahres 1024 als Geburtsjahres Hugo's mit den Aussagen Mönch Hugo's nicht nothwendig in Widerspruch steht, an diesem Jahre festzuhalten, einer näheren Bestimmung des Geburtstages aber vorläufig sich zu enthalten haben.

edlem burgundischen Geschlecht [2]). Sein Vater, Namens Dalmatius [3])|, war ein „vir consularis" [4]), d. h. aus gräflichem Geschlecht [5]), nicht Graf, wie man vielfach liest. Sonst wird er auch als ein „princeps egregius" [6]) bezeichnet. Er war ein kriegerischer Mann, und sein Enkel Rainald [7a]) sagt von ihm:
„Nam patre Dalmatio nil clarius edidit unquam (sc. Burgundia),
„Ni quia plus nimio bella sequi voluit".
Sein Besitzthum nennt uns von den Biographen nur Mönch Hugo [7b]), der ihn als „Samurensis dominus" [8]) bezeichnet. Dies ist so viel als Sinemurensis [9]), d. h. von Semur [10]).

Nun giebt es aber zwei Orte dieses Namens in Burgund. Der eine, Semur-en-Auxais, meist blos Semur genannt, Stadt und Hauptort des gleichnamigen Arrondissements im Departement Côte-d'Or, liegt am Armançon, ungefähr in der Mitte zwischen Auxerre und Dijon; der andere, Semur-en-Brionnais, Stadt im Departement Saône-et-Loire, Arrondissement Charolles, liegt auf der rechten Seite und nicht weit von der Loire, etwa 7 Meilen westlich von Mâcon. Für beide sind Ansichten laut geworden, ohne dass ich irgendwo dafür einen Beweis geführt gesehn hätte [11]). Wir hören, dass Hugo das von ihm in dem

---

[2]) „Burgundionum illustri genere", Chronol. abb. Clun. ad a. 1024; „ex nobilissimis Burgundionum prosapiae lineam trahens", Rain. p.649.

[3]) Chronol. abb. Clun. l. l.; Rain. l. l.; Hild. p. 414.

[4]) Rain. l. l.; Hild. l. l.

[5]) „extrait de race de comtes", Du Chesne, Hist. généal. de la maison de Vergy (Paris 1625 fol.) p. 69. Das Wort consulatus kommt im Sinne von comitatus bei Hildebert auch pp. 415 und 429 vor.

[6]) Hugo mon. p. 438.

[7a]) Synops. vit. metr. p. 654.

[7b]) p. 438.

[8]) Hier bestätigt sich zugleich, dass er nicht Graf war.

[9]) Wie man schon daraus sieht, dass des Dalmatius Sohn und Nachfolger, Abt Hugo's Bruder Gottfried „dominus Sinemurensis" war. Siehe Hugo's Urkunde über die Gründung von Marcigny, Bibl. Clun. not. Querc. p. 85; Petr. Ven. mirac. I. 26, Bibl. Clun. p. 1289.

[10]) Irrig nennt Gfrörer (Kirchengesch. IV. 491 und Gregor VII, VI. 590) Saumur (in Anjou, an der Loire), versteht also das Samurensis als Salmurensis.

[11]) Ein Kriterium für das Richtige scheint auf den ersten Blick

nicht weit von Semur-en-Brionnais gelegenen Marcigny gegründete Kloster „in patrimonio suo" [12]), „in alodio proprio" [13]) stiftete. Ebenso hatte sein Bruder Gottfried, Herr von Semur, daselbst Besitzungen. Er sagt in einer Urkunde [14]): Ich schenke an Cluny „aliquam partem ex rebus meis, quae sitae sunt in pago Augustodunensi, et in villa quae vocatur Marciniacus" etc. Endlich erfahren wir auch, dass Marcigny wirklich zum Territorium von Semur, natürlich Semur-en-Brionnais, gehörte, wenn es in einer Urkunde [15]) heisst: „Sciendum est, quod venerabile coenobium in partibus Burgundiae, in territorio castri antiquitus Sinemuro nuncupati, prope alveum Ligeris in episcopatu Augustidunensi situm, quod Marciniacus dicitur" etc. Es kann demnach nicht zweifelhaft sein, dass Semur-en-Brionnais das Territorium des Dalmatius war.

Seinen Tod fand Dalmatius von der Hand des eignen Schwiegersohnes, des Herzogs Robert I. von Burgund [16a]).

---

darin zu liegen, dass Hugo von Hildebert (p. 414) „natione Eduensis", vom Anon. prim. (p. 655) „Augustodunensis indigena" genannt wird; denn dass dies als Bezeichnung der Landschaft, nicht etwa so zu verstehn ist, als ob Hugo in Autun selbst geboren wäre, scheint mir nicht zweifelhaft. Aber es fragt sich, ob hier der Bereich des Gaues, des alten Comitats, des Bisthums von Autun als massgebend gedacht ist. Und die Lage der beiden Semur, verbunden mit der doch nicht völligen Bestimmtheit der Grenzen der genannten Bezirke, lässt mich davon absehen, aus jenen beiden Angaben einen Schluss zu ziehn, um so mehr, als sich auch auf andre Weise eine Lösung ergiebt.

12) Rain. p. 651; Hild. p. 420.

13) Jaffé 4025.

14) Migne CLIX. 969 sq.

15) Charta Guill. de Monda, Bibl. Clun. not. Querc. p. 85.

16a) „Defuncto autem patre suo (Hugo's), quem dux Burgundiae, gener ejus, propria manu peremerat" etc. Hild. p. 430. Dass dies nur Robert I, welcher 1031—1075 regierte, sein kann, geht schon aus der Zeit des Mordes hervor. Dieser fand nämlich nach Hildebert's Erzählung erst statt, als Hugo bereits Abt, oder wenigstens als er schon Mönch war, also jedenfalls nicht vor dem Jahre 1038 (siehe wegen dieses Jahres weiter unten). Auf der andern Seite scheint des Dalmatius Sohn und Nachfolger in der Herrschaft von Semur, Gottfried, bei Abfassung der schon oben erwähnten Urkunde (Migne CLIX. 969 sq.), von der ich später (siehe §. 18 zu Anfang) zeigen werde, dass sie zwischen dem 22. Februar 1049 und dem 11. Juni 1055 ausgestellt

Hugo's Mutter hiess Aremburgis [16b]). Sie war, wie Rainald [17]) bezeugt, von nicht minder edler Abkunft als ihr Gemahl [18]). Sie wird uns als eine fromme Frau geschildert [19]), und wurde später, wie Cucherat [20]) berichtet, Nonne in Marcigny.

Ausser Hugo und seinem bereits erwähnten Bruder Gottfried, welcher später in Cluny Mönch, dann Prior von Marcigny wurde [21a]), hatte Dalmatius noch mehrere Kinder. In der schon oben erwähnten Urkunde [21b]) nennt Gottfried seine beiden Brüder Andreas und Dalmatius [22]). Wir hören ausserdem, dass ein Bruder Hugo's ermordet wurde [23]), und dieser hiess, wie Cucherat [24]) aus handschriftlicher Quelle mittheilt,

---

ist, bereits im vollen und selbständigen Besitz seines Erbes zu sein. Jedenfalls aber war Dalmatius im Jahre 1061 schon todt, in welchem, wie Cucherat, Cluny au onzième siècle, p. 70 angiebt, seine Gemahlin Aremburgis gleich bei Eröffnung des Nonnenklosters Marcigny in dasselbe eintrat. — Man sehe hierzu auch Pignot II. 27—29.

[16b]) Siehe Anm. 3.

[17]) p. 649.

[18]) Dass sie aus dem Geschlecht de Vergy stamme, wie vielfach angenommen wird, dafür habe ich selbst in den Quellen nirgends einen Beleg gefunden. Auch Du Chesne scheint mir in seiner Hist. généal. de la maison de Vergy (p. 69 und dazu die Beweise; vgl. auch p. 64 sq.) dafür den Beweis nicht geführt zu haben, und seine bezügliche Annahme lediglich darauf zu stützen, dass Hugo von Hildebert (p. 415) als Grossneffe des Hugo, Bischofs von Auxerre und Grafen von Châlon sur Saône bezeichnet wird. Um diese Angabe Hildebert's zu erklären, brauchen wir aber, wie wir weiter unten sehen werden, die Combination Du Chesne's nicht. Auch Cucherat (pp. 70, 120 not. 1, 140) nennt Hugo's Mutter Aremburge de Vergy. Ob er dazu aus den ihm vorgelegenen Manuscripten berechtigt ist, sieht man nicht, und man wird daher vorläufig Bedenken tragen müssen, jene Ansicht anzunehmen.

[19]) Rain. p. 649; Hild. p. 414.

[20]) Siehe Anmerk. 16a.

[21a]) Petr. Ven. mirac. I. 26, Bibl. Clun. p. 1289; Cucherat p. 72.

[21b]) Siehe oben Anm. 16a.

[22]) „Seigneur de Montagu, Pere de Hugues Evesque d'Auxerre l'an 1115, mort (doch wohl Bischof Hugo) l'an 1136". Du Bouchet, Hist. généal. de la maison royale de Courtenay, Paris 1661 fol., p. 43.

[23]) Rain. p. 653; Hild. p. 430.

[24]) p. 44 note 4.

„Jocerand" [25]). Von diesen fünf Brüdern muss Hugo der älteste gewesen sein, denn es wird uns berichtet, dass der Vater in ihm den Erben seiner Herrschaft zu sehen erwartete [26]). Wie bereits erwähnt, wurde dann Gottfried Herr von Semur, der also von den übrigen Brüdern, wenigstens den überlebenden, der älteste gewesen sein muss [27]). Ferner hatte Dalmatius zwei Töchter. Die eine, Hermengardis, wurde, wie Cucherat [28]) aus Manuscripten von Marcigny angiebt, im Jahre 1061 die erste Priorin von Marcigny [29]). Die andere, Helia [30]), war die Gemahlin Herzog Robert's I. von Burgund, des Bruders König Heinrich's I. von Frankreich.

Nach den Schilderungen Rainald's [31—33]) und besonders

---

[25]) Also wohl Gaucerannus oder Jaucerannus. Da in der oben (siehe Anm. 16a) erwähnten Urkunde Gottfrieds von Semur von dessen Brüdern nur Andreas und Dalmatius als zustimmend aufgeführt werden (die Zustimmung Hugo's ist selbstverständlich, da ihm ja die Urkunde ausgestellt. wird), so scheint Gaucerannus damals schon todt gewesen zu sein.

[26]) Rain. Synops. vit. metr. p. 654: „Hunc (Hugonem) semel haeredem se (Dalmatium patrem) constituisse bonorum" etc.; Hild. p. 415: „Pater, haeredem transitoriae possessionis desiderans, secularis militiae insignia puero (Hugoni) destinabat". Da „Jocerand's" Ermordung erst nach der Zeit erfolgte, wo Dalmatius in Hugo seinen Nachfolger hoffte — sie geschah erst als Hugo bereits Abt war — so muss auch „Jocerand" jünger als Hugo gewesen sein.

[27]) Auch Dalmatius (der Vater) war seinem Vater nach dem Recht der Primogenitur in der Herrschaft von Semur gefolgt. Siehe weiter unten.

[28]) p. 70.

[29]) Es gab dort, wie man sieht, Prioren und Priorinnen zu gleicher Zeit.

[30]) So combinirt bereits Du Chesne, Hist. généal. des ducs de Bourgogne de la maison de France, Paris 1628, 4, p. 10, seine frühere Ansicht·modificirend, aus den oben (Anm. 16a) angeführten Worten Hildebert's, und dem Umstande, dass Robert's Gemahlin in mehreren Quellen Helia (ohne Angabe ihrer Herkunft) genannt wird. Cucherat p. 70 scheint dafür noch besondere handschriftliche Beweise zu haben, und theilt uns zugleich mit, dass auch Helia später in Marcigny den Schleier nahm.

[31—33]) p. 649.

Hildebert's [34]), welcher sich verhältnissmässig weitläufig über Hugo's Jugend verbreitet, deutet schon in dem Kinde Alles auf den künftigen Heiligen hin. Mag da immerhin Wahres zu Grunde liegen, offenbar ist dabei auch viel Rückschluss aus späterer Zeit und Uebertragung der Eigenschaften des Mannes auf das Kind, endlich ausmalende Phantasie im Spiele, und man wird diese Nachrichten nur mit grosser Vorsicht benutzen dürfen. Ich gehe darüber möglichst kurz hinweg.

Wie die Charaktere des Dalmatius und der Aremburgis verschieden waren, so wünschte auch Jedes, den Knaben in seinem Sinne zu erziehen. Der Vater, als ein wilder, kampflustiger Ritter, wollte auch den dereinstigen Erben seiner Herrschaft zu einem tüchtigen Kriegsmann machen, und hielt ihn zu allen ritterlichen Uebungen an. Die Mutter, kirchlichem Einfluss zugänglich, äusserlich veranlasst, wie es heisst, durch die Vision eines Priesters, wünschte den Knaben für den Dienst der Kirche zu erziehen [35]). Ihr Einfluss war denn auch bei

---

[34]) p. 414 sq.

[35]) Dass die Mutter diese Absicht hatte, sagt Hildebert ausdrücklich (vgl. oben §. 5 das zur Vergleichung des Anonymus primus mit Rainald angeführte Beispiel). Rainald thut es nicht, ja er scheint dem sogar zu widersprechen, wenn er sagt: „(Hugo) frequenter etiam et lectioni, invitis parentibus, incumbebat", wenn man nämlich, wie doch am nächsten liegt, bei parentes an Vater und Mutter denkt. Indess er fährt fort: „Pro quibus omnibus et his similibus dum a patre et a coaevis etiam argueretur, scilicet quod haec contraria militiae forent" etc., und schon vorher sagte er: „... dum aut ecclesiae aut scholis frequentius adhaereret, horis tamen furtivis, quia patrem suum timebat, qui militaribus studiis illum applicare volebat", ohne zu erwähnen, dass etwa auch die Mutter diesen Neigungen des Knaben widerstrebt hätte. Nun bildet sich doch der Charakter eines Menschen nicht von selbst ohne fremde Einflüsse, und in einem Kinde — denn alles dies war noch vor dem fünfzehnten Lebensjahre Hugo's — konnte trotz aller natürlichen Anlage dazu eine solche Richtung unmöglich erwachsen, wenn sie nicht von irgend einer Seite her genährt und gepflegt wurde. Ferner, wenn Rainald berichtet, wie der Priester die gehabte Vision der Aremburgis erzählt, und die künftige Grösse des Neugeborenen — nach der Art der Erscheinung natürlich eine Grösse im Dienst der Kirche — verkündet, und wenn er vorher die Aremburgis als eine sehr fromme Frau bezeichnet, so folgt ja von selbst, dass

der zarteren Gemüthsart Hugo's der stärkere: dieser gewann
Schule und Kirche lieb, und besuchte sie oft heimlich, trotz
des Zornes des Vaters, der über das Fehlschlagen seiner Er-
ziehungsbemühungen sehr böse war.

„Eo tempore", erzählt Hildebert [36]), „Autissiodorensis episcopus Hugo nomine Cabilonensem quoque consulatum strenue
gubernabat. Hujus causa B. Hugo, ejus pronepos, vix a patre proficiscendi Cabilonum licentiam extorsit". Wie die Verwandtschaft war, sehen wir aus Folgendem:

„Deux Chartes de l'Abbaye de Cluny tesmoignent", sagt
Du Bouchet in seiner Hist. généal. de la maison royale de
Courtenay [37]), „que Geofroy Seigneur de Semur (Vater des
Dalmatius und Grossvater unsres Hugo's) épousa Mahaud, l'une
des filles de Lambert Comte de Chalon et d'Adelais de Ver-
mendois sa femme, et qu'ils donnerent ensemble à ce Mona-
stere la moitié du village de Giury dans le Comté de Dijon,
du consentement de Dalmacius, de Geofroy, d'Herué, d'Eudes,
de Thibaud et de Lambert leurs enfans, ce qui fut confirmé
par Hugues Comet de Chalon, Evesque d'Auxerre, frere de
Mahaud l'an 1019, lorsqu'il donna l'autre moitié de ce village
à la mesme Abbaye de Cluny".

„Praelibata in hac urbe", fährt Hildebert fort, „gramma-
tica, quo introduceretur ad divinarum altitudinem scripturarum,
juveni quoddam velut ostium aperuit. Ibi tandem diruptis se-
cularibus indumentis elegit abjectus esse in domo dei sui ma-
gis quam habitare in tabernaculis peccatorum .... Patre ne-
sciente [38]), qui suspiranti ad patriam [39]) et verbis obsistebat

---

die Worte des Priesters nicht verfehlen konnten, auf sie einen tiefen
Eindruck zu machen, und, dem Charakter der Zeit entsprechend, auf
ihren Willen einen entscheidenden Einfluss auszuüben. So findet jene
Angabe Hildebert's auch aus Rainald ihre Bestätigung, und das „invitis parentibus" ist vielleicht so zu erklären, dass auch die Mutter aus
pädagogischen Gründen dem allzu grossen, der natürlichen Entwicke-
lung hinderlichen und eine allzu schwärmerische Richtung hervorru-
fenden Hang des Knaben zur Lektüre steuern zu müssen glaubte, ohne
dabei im Uebrigen seine Sinnesart zu missbilligen.

[36]) p. 415. Wir erfahren hiervon nur durch ihn.
[37]) p. 43.
[38]) Rain. Synops. vit. metr. p 654: „profugus".
[39]) Zur geistigen Heimath, dem Kloster, speciell Cluny.

et exemplis, Cluniacum venit, B. Odiloni . . . quid animi gere-
ret indicavit". Er stand damals, wie Mönch Hugo [40]) angiebt,
im fünfzehnten Lebensjahre. Da sein Grossonkel und Beschützer
im Jahre 1039 [41]) am 4. November [42]) starb, so ist es nicht
unwahrscheinlich, dass Hugo erst hierauf nach Cluny floh, weil
er nämlich nun wohl zu erwarten hatte, dass der Vater ihn
nach Hause zurückrief. Dass Hugo gerade Cluny wählte, dazu
mag neben dem ausserordentlichen Ruf Odilo's und seiner Mönche auch nicht wenig beigetragen haben, dass, wie wir aus
der oben erwähnten Schenkung schliessen müssen, auch der
Graf-Bischof den Cluniacensern nahe stand, und also wohl in
diesem Sinne einen Einfluss auf ihn ausgeübt hatte.

§. 10.

Hugo als Mönch und Prior und seine Erhebung zum Abt.
(Um 1039 bis 1049.)

Mit Ernst und Eifer gab Hugo sich nun dem neuen Be-
rufe hin, und dass er sich hierin bald vor Anderen auszeich-
nete, und zugleich dass auch seine Umsicht, seine Brauchbar-
keit für Geschäfte, und ein gewisses Verwaltungs- und Regie-
rungstalent frühzeitig hervortrat, das beweist uns besser als die
Lobeserhebungen der Biographen der Umstand, dass Abt Odilo
mit Einstimmung der Mönche [1]) ihn noch in den Jünglingsjah-
ren [2]) zum Prior machte. Er scheint sogleich Prior major geworden zu sein, denn Hildebert sagt, dass Odilo ihn zum Prior
gemacht habe „profuturum pariter et possessioni providentia et

---

40) Siehe oben Anm. 1.

41) Chron. breve Autissiodorense bei Bouquet, Recueil des historiens
des Gaules et de la France, XI. 292.

42) Hist. episc. Autissiodorensium cap. 49, bei Bouquet XI. 113.

1) Hild. p. 416: „ex consensu fratrum".

2) Rain. p. 649: „infra annos adolescentiae". Ob vielleicht Ordericus Vitalis, wenn er (lib. XI) tom. IV. p. 298 sagt: „Hic (Hugo), ut
ferunt, LXIV annis Cluniacense coenobium gubernavit", während Hugo
doch nur 60 Jahre und einige Monate Abt gewesen ist, die Jahre seines Priorats aus Versehen mitrechnet?

ordini disciplina", als Prior claustralis aber hätte er immer in der Clausur bleiben müssen [3]), also für die Besitzungen und die auswärtigen Angelegenheiten des Klosters nicht sorgen können. Ueberdies hat man auch, wo blos der Name Prior ohne anderen Zusatz genannt wird, in der Regel den Prior major darunter zu verstehn, und der Ausdruck „praepositus", den Rainald braucht, deutet eben hierauf. Jedenfalls war Hugo Prior major, als er im Jahre 1048 in Angelegenheiten der Congregation nach Deutschland reiste — worüber ich sogleich sprechen werde — denn als Prior claustralis hätte er ja eine solche Reise nicht unternehmen dürfen.

Es war ein wichtiges Amt, welches dem Jüngling übertragen wurde: „Post D. abbatem", sagt der Prior Udalrich von Zell, ein Cluniacensermönch, in seinen Consuetudines Cluniacenses [4]) über den Prior major von Cluny, „de omnibus rebus et causis, quae ad monasterium pertinent, et spiritualibus et temporalibus se intromittit. Quotquot sunt, qui ullam habent obedientiam, ad eum respiciunt omnes; et si tale quid praecipuum acturi sunt, nequaquam agunt omnes absque consilio ejus et nutu . . . . . Per omnia vicem habet abbatis, maxime absentis". Die Leitung der schon damals nicht wenig zahlreichen Congregation von Cluny, die strenge Ueberwachung aller zu ihr gehörigen Klöster, welche in den verschiedensten Gegenden zerstreut lagen, die allseitige Vertretung ihrer Interessen gegen andere Klöster, gegen weltliche Herren, besonders aber gegen die immer sich wiederholenden Uebergriffe der Bischöfe, und dies in einer Zeit, wo in Gallien wenigstens das Recht kaum weiter reichte, als die Macht, es geltend zu machen — dies alles musste eine grosse Menge von Geschäften mit sich bringen, welche Odilo allein unmöglich tragen konnte, und die vielen Reisen, die er machte, waren gewiss nicht ohne zwingenden Grund. In diese umfassende Thätigkeit trat

---

[3]) cf. Udalrici Consuetudines Cluniacensis monasterii lib. III cap. 6 bei d'Achéry, Spicilegium (II^da editio) I. 687: „Claustralis prior . . . in claustro jugiter moratur, et praecipue pondus totius ordinis portat". Udalrich schrieb nach Mab. An. V. 220 um das Jahr 1085, und starb wahrscheinlich 1093. cf. Pertz, Mon. Germ. Scr. XII. 267 not. 43.

[4]) lib. III cap. 4, l. l. p. 686.

nun Hugo ein. Von seiner Strenge, seiner Energie in Erhaltung der Disciplin zeugen die eignen Worte, die er sprach, als er nach Odilo's Tode von den Mönchen zum Abt erwählt war. „Solus electus reclamavit", berichtet jener bereits erwähnte Udalrich [5]), „asserens, quod non sibi bene consuluissent, et si scire possent, qualis futurus esset, quem jam probavissent hujus austeritatis esse, hujus praesumptionis in officio minore, ut jam pleraque praesumpsisset ab aliis prioribus minime praesumpta". Aber auch in den auswärtigen Angelegenheiten der Congregation wusste Hugo mit Geschick den Anforderungen seiner Stellung gerecht zu werden, wofür uns das beste Zeugniss ist, dass ihn Odilo sogar zu einer Sendung an Kaiser Heinrich III. brauchte.

Das einzige Zeugniss über diese Reise giebt uns Hildebert [6]), indem er sagt: „(Hugo) ad Teutonicos directus Paterniacensi [7]) coenobio gratiam regis, a qua exciderat, reformavit". Dass diese Reise im Jahre 1048, und zwar wohl in den letzten Monaten desselben, Statt gefunden hat, das sehen wir, wenn Hildebert fortfährt: „Cognito ibi [8]) transitu B. Odilonis in amaritudine spiritus ad monasterium (sc. Cluniacense) revertitur, larga secum deferens munera, quae praefatus rex per eum ad decorem domus domini Cluniacum delegavit" [9]). Odilo

---

[5]) l. l. lib. III cap. 1, p. 683.

[6]) p. 416.

[7]) Peterlingen (Payerne) im Canton Waadt, 2½ Meile westlich von Freiburg. Dieses Kloster war seit seiner Gründung (962) Cluny untergeben. Vgl. Giesebrecht, Deutsche Kaiserzeit, 3. Aufl., II. 275.

[8]) Dies „ibi" haben Floto (Kaiser Heinrich IV, I. 174) und Giesebrecht (Kaiserzeit, 3. Aufl., II. 648 Anm. zu S. 456) wie ein „in Paterniacensi coenobio" aufgefasst. Nach den Worten Hildebert's liegt die Erklärung „apud Teutonicos" noch bei Weitem näher; ja ich möchte glauben, dass das „ibi" nur ganz allgemein ist, und so viel heisst als „in hoc itinere".

[9]) Wird man diese reichen Geschenke auch nicht lediglich als persönliche Gunstbezeigung des Kaisers gegen Hugo auffassen dürfen, werden sie vielmehr mehr der Heiligkeit und vor Allem auch der Macht Cluny's, demnächst der einflussreichen Stellung des Prior major gegolten haben, so ist doch auch wohl anzunehmen, dass Hugo schon damals dem Kaiser auch persönlich nahe getreten ist.

nämlich starb am 1. Januar 1049 [10]) in dem in Bourbonnais auf der westlichen Seite des Allier unweit Moulins gelegenen Kloster Souvigny (Silviniacum) [11]).

Bevor ich nun dazu übergehe, wie Hugo, von seiner Reise zurückgekehrt, in Cluny an Odilo's Stelle zum Abt gewählt wurde, muss ich noch einige Augenblicke bei der Unterredung verweilen, welche Bonitho [12]) den vom Kaiser Heinrich für den päpstlichen Stuhl bestimmten und nach Rom reisenden Bischof Bruno von Toul in Besançon mit dem Abt von Cluny, dessen Namen er nicht nennt, und dem in dessen Gefolge befindlichen Mönch Hildebrand, späteren Papst Gregor VII, haben lässt. Der betreffende Bericht ist bereits vielfach discutirt, bald ganz, bald zum Theil angefochten, und eben so vertheidigt worden. Da ich die Sache eben so wenig endgültig erledigen kann, als diejenigen, welche vor mir darüber geschrieben haben, so führe ich hier nur an, was sich nach den Ergebnissen meiner Forschungen über Hugo für oder wider Bonitho sagen lässt.

Vor allen Dingen muss ich insofern einen Irrthum desselben constatiren, als ein Abt von Cluny zu dieser Zeit in Besançon nicht gewesen sein kann. Bruno nämlich reiste von Toul am 27. December 1048 [13]) ab. Besançon, über das ihn, wenn er den nächsten Weg nach Rom wählte, seine Reise fast nothwendig führen musste, ist von Toul in gerader Linie 22 geographische Meilen entfernt. Hätte Bruno nun auch — was garnicht anzunehmen ist, da nach Wibert's [14]) Zeugniss auf dieser Reise „eum infinita multitudo undequaque supervenientium comitatur", mit einer ungeordneten grossen Menge aber doch an ein schnelles Fortkommen nicht zu denken ist — sehr weite Tagereisen gemacht, so hätte er doch immer mehrere Tage gebraucht, um nach Besançon zu gelangen. Abt Odilo von Cluny aber starb am 1. Januar in dem mehr als 30 geographische Mei-

---

10) Chronol. abb. Clun. ad a. 1049 (p. 1621). Genau: „vigilia circumcisionis domini".

11) Ebendaselbst. Irrig giebt Floto (I. 174) Cluny an.

12) Ad amicum lib. V bei Jaffé, Bibl. rer. Germ. II. 631 sq. (Watterich, Pontificum Romanorum vitae, I. 101).

13) Jaffé.

14) Vita Leonis IX papae lib. II cap. 2, bei Watterich I. 150.

len von Besançon entfernten Souvigny. Er also kann jener
Abt von Cluny nicht gewesen sein, von dem Bonitho sagt,
dass er dem Bruno bei dessen Ankunft in Besançon entgegen
gegangen sei. Daher stimmen auch Alle darin überein, dass
nur Hugo darunter gemeint sein kann. Dieser jedoch war,
mag Bruno auch noch so spät nach Besançon gekommen sein,
doch immer zu dieser Zeit nur Prior, nicht Abt. Erst als
Bruno bereits in Rom den päpstlichen Stuhl bestiegen hatte
(12. Februar), wurde er, wie ich weiter unten zeigen werde,
zum Abt gewählt und geweiht. Er ist auch, wie ich ebenfalls
darthun werde, nicht, wie Gfrörer [15]), um den Ausdruck Bonitho's zu rechtfertigen oder zu entschuldigen, vermuthet, vorher von Odilo zu seinem Nachfolger designirt worden. Und in
der blossen Ernennung zum Prior lag, wie aus dem ausführlichen Bericht des bereits oben genannten Udalrich über Hugo's
Wahl hervorgeht, noch keineswegs eingeschlossen, dass der
zum Prior Ernannte nun auch bestimmt zum zukünftigen Abt
in Aussicht genommen sei. Kurz, der Irrthum Bonitho's ist in
keiner Weise wegzuleugnen. Dass er jedoch sehr hoch anzu-
schlagen ist, dass wir daraus viel für die Unglaubwürdigkeit
des genannten Autors an dieser Stelle folgern dürfen, möchte
ich bezweifeln. Einmal wurde ja Hugo bald nach der Zeit, in
der die in Rede stehende Zusammenkunft Statt gefunden haben
kann, wirklich Abt, und schon vorher nahm er als Prior major
eine der des Abtes sehr ähnliche selbständige Stellung ein.
Ferner aber erwähnt Bonitho in seinem Buche weder den Odilo
irgendwo, noch wann Hugo Abt wurde, und wenn er nun hier
sagt, dass der Abt von Cluny damals in Besançon gewesen
sei, so kommt es ihm offenbar nur darauf an, auszudrücken,
dass derjenige, welcher zu der Zeit, als er schrieb (um 1086 [16])),

---

[15]) Pabst Gregorius VII und sein Zeitalter, VI. 590: „An einem
andern Orte habe ich bemerkt, dass die Oberäbte von Clugny Brüder,
die sie vorzugsweise befähigt glaubten, zu Nachfolgern zu empfehlen
pflegten, ohne darum eine Wahl der Mönchsgemeinde gänzlich auszuschliessen. Auf gleiche Weise muss Odilo den Bruder Hugo . . . der
Nachfolge würdig erklärt haben, indem er ihn zum Prior ernannte."
Vgl. auch Gfrörer's Kirchengeschichte IV. 491.
[16]) Vgl. Giesebrecht, Kaiserzeit, 3. Aufl., III. 1058.

Abt von Cluny war, d. h. Hugo, dort anwesend, nicht, dass
dieser damals Abt gewesen sei. Und wenn er den Hugo nun
bei dem ihm in dem Augenblick, wo er schreibt, zukommen-
den Titel nennt, ohne Rücksicht darauf, ob Hugo denselben
auch in der Zeit, von der die Rede ist, geführt haben kann,
so begeht er damit nur eine Incorrectheit des Ausdrucks, wie
sie ja auch heute in Büchern wie im Leben tausendfach vorkommt, und durchaus entschuldigt wird.

Es ist aber höchst wahrscheinlich, dass Hugo auf die Nachricht, dass Bruno von Toul zum Papst bestimmt sei, und auf
welchem Wege er nach Rom zu reisen gedenke, ein Zusammentreffen mit ihm gesucht haben wird. Ich erwähnte schon
oben, dass nach Wibert's Zeugniss den Bruno auf seiner Reise
eine zahllose Menge von allen Seiten herbeiströmender Leute
begleitete. Nicht Wenige waren ohne Zweifel hierunter, die
ein materielles Interesse, der Wunsch, sich und ihre Sache
dem neuen Papste zu empfehlen, herbeizog. Ebenso musste
es auch dem Hugo, abgesehn von allen andern Gründen, schon
im Interesse seiner Congregation durchaus geboten erscheinen,
dem neuen Papst, der schon früher den cluniacensischen Ideen
nahe gestanden [17]), durch seine Anwesenheit eine Huldigung
darzubringen, und ihm die Sache Cluny's ans Herz zu legen.
Ob er von Odilo's Tode bereits Kenntniss hatte, und demnach
wusste, dass er augenblicklich allein an der Spitze der Congregation von Cluny stand, ob nicht, thut hier garnichts zur
Sache. Auch im letzteren Falle durfte er sich zu einem solchen
Schritt durchaus für befugt halten, und dass er auch schon als
Prior selbständig und energisch zu handeln gewohnt war, haben
wir ja schon oben aus seinem von Udalrich berichteten eigenen
Ausspruch gesehn.

Kurz, so weit der Bericht Bonitho's Hugo angeht, scheinen mir seiner Glaubwürdigkeit erhebliche Bedenken nicht entgegen zu stehn, und wenn Bruno damals wirklich eine ver-
traute Unterredung mit Hugo und Hildebrand gehabt hat, so
dürften da wichtige Dinge besprochen worden sein. Indess in
Betreff der Rolle, die Hildebrand dabei spielt, erregt jener

---

[17]) Vgl. Giesebrecht, Kaiserzeit, 3. Aufl., II. 453, 455.

Bericht doch starke Bedenken, und da hier die Schwierigkeiten noch ungelöst sind, so unterlasse ich es, irgend welche Folgerungen aus demselben zu ziehn.

Dass uns von Hugo's Wahl und Weihe zum Abt eine detaillirte Beschreibung Udalrich's [18]) vorliegt, erwähnte ich schon. Zwar war der Verfasser selbst dabei nicht anwesend — er kam erst im Jahre 1063 oder bald nach demselben [19]) nach Cluny — doch hat er seine Nachrichten offenbar von Augenzeugen. Auch die Chronologia abbatum Cluniacensium [20]) und Hildebert [21a]) geben uns darüber schätzenswerthe Notizen, während Rainald mit ganz kurzen und allgemeinen Worten über jene Vorgänge hinweggeht [21b]).

Das Jahr derselben, 1049, bringt die Chronologia, auch lässt es sich aus Rainald's sogleich zu erwähnender genauer Angabe der Regierungsdauer Hugo's berechnen. Dass ferner die Weihe an Petri Stuhlfeier Statt fand, bezeugt sowohl Hugo [22]) selbst, als die Chronologia, Udalrich und Hildebert.

---

[18]) Siehe oben Anm. 5.

[19]) Man sehe das ältere Leben Udalrich's bei Pertz, Mon. Germ. Scr. XII. 253 mit Note 13.

[20]) z. J. 1049, Bibl. Clun. p. 1621.

[21a]) p. 416.

[21b]) Wie ich durch Pignot (II. 11) aufmerksam werde, findet sich in einem bald nach Odilo's Tode und Hugo's Regierungsantritt (jedenfalls nach dem Palmsonntag 1049) geschriebenen, von Odilo's letzten Handlungen und Worten und den an seinem Grabe geschehenen Wundern berichtenden Briefe der Mönche von Souvigny an einen Abt A. das folgende Postscriptum (Mabillon, Acta Sanctorum ordinis S. Benedicti, Venetiis, saec. VI pars I p. 593): „De electione vero clarissimi patris nostri domni Hugonis abbatis, canticum novum cantantis, si cupitis nosse, sciatis illum secundum almi patris Benedicti imperium electum esse, omnique sapientia et eruditione praeditum, ac morum probitate, utilitate, honestate subnixum, abbatiaeque honorem invitum accepisse, lacrymando scilicet et judicando se indignum esse tali honore. Denique a Burgundionum principibus et Arvernorum, immo et a summo Pontifice sanctae Apostolicae sedis valde diligitur, honoratur, attollitur; et quicquid in praedecessoris sui erat ditione, ei conceditur, et donatur".

[22]) In einem nur wenige Wochen vor seinem Tode verfassten Schriftstück, Bibl. Clun. p. 496.

Man hat hierbei an die cathedra Antiochena (22. Februar) zu
denken, nicht an die cathedra Romana [23]) (18. Januar), denn
einmal berichtet die Chronologia [24]), dass die Wahl in der
Quadragesimalzeit geschah, welche doch nie schon im Januar
ihren Anfang nehmen kann, und im Jahre 1049, in welchem
Ostern auf den 26. März fiel, mit dem 8. Februar begann;
andrerseits kommt man auch auf den 22. Februar 1049 als den
Tag von Hugo's Regierungsantritt, wenn man mit den 60 Jahren, 2 Monaten und 8 Tagen, die Rainald [25]) als Regierungsdauer Hugo's angiebt, von dessen Todestag, dem 29. April
1109 [26]), zurückrechnet. Danach bestimmt sich der Tag der
Wahl auf den 20. Februar 1049, denn nach Udalrich's Zeugniss folgte ihr die Weihe am dritten Tage [27]).

Der Meinung Gfrörer's, Hugo sei schon vorher von Odilo
zu seinem Nachfolger designirt und empfohlen worden, gedachte
ich bereits. Was er nur vermuthet, berichtet ganz positiv das
Chronicon S. Maxentii, auch Chron. Malleacense genannt, wo
es heisst [28]): „In cujus (Odilo's) locum jussu suo et electione
omnium fratrum ordinatus est Hugo." Indess der Verfasser
dieser Chronik lebte erst um 1140, und ist nach dem Urtheil
des Herausgebers bei Bouquet ein „barbarus sane auctor, si
tamen unus duntaxat fuit" [29]). Dass er, so wie Gfrörer, irrt,
werden wir wohl nicht bezweifeln können, wenn Udalrich uns
berichtet: „Beatus autem pater Odilo rogatus in extremis suis,
quid sibi de successore videretur, non acquievit ad hoc quem-
quam nominare. Tantum cum aliquot personarum majorum et

---

23) Mab. An. IV. 501.

24) „(Anno 1049) quadragesimali tempore Pater Hugo electus, nec
mora a Vesontionensi Archiepiscopo Hugone, in ipsa solemnitate Ca-
thedrae sancti Petri Abbas ordinatus" etc.

25) Vita p. 653; Synops. vit. metr. p. 655.

26) Siehe oben Seite 10 Anm. 11.

27) Dass die Wahl der Weihe nur ganz kurz vorhergieng, sagt auch
die Chronologia. Siehe oben Anm. 24.

28) Bouquet XI. 218.

29) Daselbst p. 216 Anm.

probabiliorum, excepto priore, meminisset, probavit ut quisquis per illas eligeretur, caeteri omnes consentirent" [30]).

Die Weihehandlung vollzog der Erzbischof Hugo I von Besançon [31]), ein Beweis, dass dieser schon damals den Cluniacensern nahe stand. Zwar lag Cluny nicht in seinem Amtsbezirk, sondern vielmehr im Sprengel des Bischofs von Mâcon und im Erzsprengel von Lyon, allein die Cluniacenser hatten ja das Recht, für ihre Ordinationen und Weihen jeden beliebigen Bischof zu wählen [32]).

§. 11.

Hugo's Verhältniss zu den Päpsten von Leo IX bis Alexander II, und seine rein kirchliche Thätigkeit (Theilnahme an Synoden u.s.w.) in den Jahren 1049—1072.

Es ist ein merkwürdiges und bedeutungsvolles Zusammentreffen, dass zu der Zeit, wo die vorzüglich von den Cluniacensern so lange angestrebte und vorbereitete Reform der Kirche nun endlich von dem päpstlichen Stuhle selbst aus ernstlich in die Hand genommen wurde, auch in Cluny die leitende Kraft sich erneute. Dass zu dieser Zeit an die Stelle des hochbejahrten Abtes Odilo der fünfundzwanzigjährige, von jugendlichem Feuereifer und thatkräftiger Energie erfüllte Hugo trat, war gewiss nicht ohne Einfluss auf das siegreiche Fortschreiten der nun beginnenden grossen Reform in dem schweren Kampfe mit den widerstrebenden Mächten.

Dass ich hier die Regierungszeit von fünf Päpsten in einen Paragraphen zusammenziehe, geschieht lediglich aus dem rein äus-

---

[30]) Schon Cucherat, Cluny au onzième siècle p. 13 sq. hat diese Nachricht gewürdigt und verwerthet.

[31]) Die Chronologia nennt den „Vesontionensis archiepiscopus Hugo" (siehe oben Anm. 24); Udalrich blos den „Bisontiensis archiepiscopus"; Hildebert den „Chrysopolitanus archiepiscopus." Chrysopolis ist ebenfalls nur ein anderer Name. für Besançon. Erzbischof Hugo I starb nach Bernold (Pertz, Mon. Germ. Scr. V. 429) im Jahre 1066.

[32]) Vgl. die Bestätigungsurkunde Leo's IX vom 10. Juni 1049, Jaffé 3171.

seren Grunde, weil über diesen Zeitraum unsre Nachrichten sehr
spärlich und lückenhaft sind. An päpstlichen Schriftstücken an Hugo nämlich, welche uns später besonders für das Verhältniss Hugo's
zu den Päpsten eine so ergiebige Quelle werden, sind für diesen Zeitraum nur wenige erhalten, und das noch dazu meist
solche, aus denen für unsern Zweck wenig zu entnehmen ist.
Auch der anderen Nachrichten über Hugo's kirchliche Wirksamkeit in diesem Zeitraum sind nicht viel, aber es sind darunter einige bedeutsame, und z. B. schon das Auftreten Hugo's auf dem Concil von Reims allein, worüber ich sogleich
sprechen werde, würde uns hinreichend erkennen lassen, in welcher Weise und in welchem Masse er sich an der Kirchenre-
form betheiligt hat.

Am 10. Juni 1049 bestätigt Leo IX auf Ansuchen Hugo's die Besitzungen und Rechte Cluny's [1]).

Zu Anfang October desselben Jahres finden wir Hugo in
Reims. Er war unter denjenigen, welche am 1. October bei
der Uebertragung des heil. Remigius zusammen mit dem Papste
auf ihren Schultern die Bahre mit den Gebeinen des Heiligen
trugen [2]). Auf dem Concil, welches daselbst zwei Tage darauf begann, sass er unter den etwa fünfzig anwesenden Aebten als der zweite, gleich nach Herimarus, Abt des Klosters
des heil. Remigius [3]). Als dort die Reihe an ihn kam, sich

---

[1]) Jaffé 3171. Wenn Hugo in dieser und anderen päpstlichen Ur-
kunden und Briefen mit „dilectissime fili“, „carissime fili“, „frater carissime“ (frater als die stehende Bezeichnung des Mönches, oder auch
als collegialische Benennung im Sinne wie confrater gefasst) u. dergl.
angeredet wird, so ist man daraus wohl nicht berechtigt, auf Innigkeit
der gegenseitigen persönlichen Beziehungen zu schliessen. Briefe der
damaligen Zeit aus höheren, besonders geistlichen Kreisen zeigen ja
auch sonst eine Menge höflicher Redensarten und glatter Wendungen,
die man keineswegs wörtlich interpretiren darf. So werden auch jene
Anreden kaum mehr besagen, als unser „Mein lieber“, worin doch
keineswegs ohne Weiteres liegt, dass man den Angeredeten gerade
lieb habe.

[2]) Man sehe das von dem Reimser Mönch Anselm verfasste soge-
nannte Itinerarium Leonis IX bei Mansi, Conciliorum amplissima collectio XIX. 733 sq.

[3]) Ibid. p. 737. Die Anordnung der Sitzplätze hatte Erzbischof
Wido von Reims gemacht.

6*

darüber auszusprechen, ob er vielleicht „anders als durch die Thür in den Schafstall des Herrn gekommen sei", da sagte er: „Pro adipiscendo · abbatiae honore, deo teste, nihil dedi vel promisi: quod quidem caro voluit, sed mens et ratio repugnavit" [4]. Die Freimüthigkeit dieses Bekenntnisses erregte Aufsehn und Bewunderung: ausser dem Mönch Anselm, dessen Bericht ich jene Worte entnommen, erwähnt auch Bischof Bruno von Segni [5] die Antwort Hugo's und schildert den grossen Eindruck, den sie machte, und ebenso bringen sie Rainald [6] und Hildebert [7]. „In quo verbo", sagt Rainald, „apud omnes tantae admirationi et gratiae habitus est, ut inter tot eloquentissimos viros, inter tot seniores ipse adhuc adolescens ut sermonem ad totam faceret synodum eligeretur" [8]. Hildebert, welcher von dem ganzen Benehmen Hugo's auf diesem Concil etwas ausführlicher erzählt, wie dieser nämlich in heiligem Eifer, unbeirrt durch die Zahl der Widerstrebenden und ohne Ansehen der Person, auf das strengste Verfahren gegen die mit Simonie Befleckten gedrungen, und überhaupt durch seine Gegenwart viel zu den Beschlüssen der Synode beigetragen habe, fügt hinzu, dass Hugo die erwähnte Rede — was auch am nächsten liegt — im Auftrage des Papstes gehalten habe [9], und dass sie sowohl gegen die Simonie als gegen die Priesterehe gerichtet gewesen sei [10].

---

[4] Ibid. p. 738.

[5] Vita Leonis IX papae (nach Giesebrecht II. 572 um 1092, jedenfalls bei Lebzeiten Hugo's verfasst) bei Muratori, Rer. It. Scr. tom. III pars 2 p. 349: „Secundum carnem quidem habui (sc. ambitionem de praelatura mea), secundum spiritum non habui." Quae responsio tam grata, tamque laudabilis omnibus fuit, ut statim prae nimio gaudio in corde omnium scriberetur, seque vicissim, quid responderit, interrogabant, ut eadem ipsa verba tenere valuissent."

[6] p. 652: „Caro quidem consensit, sed spiritus repugnavit."

[7] p. 418: „Caro, inquit, voluit, spiritus repugnavit."

[8] Anselm berichtet von dieser Rede nicht.

[9] Nach dem Anon. prim. p. 656 hätte er sie gehalten „cujusdam nominatissimi viri exhortatione synodali causa, jussu domini papae, et suasione cujusdam nominatissimi viri sancti Constantini Remensis canonici et aliorum."

[10] Auch Rainald berichtet, dass Papst Leo das Concil zu Reims

Im folgenden Jahre (1050) finden wir Hugo dann auf dem grossen Concil, welches der Papst nach Ostern zu Rom abhielt. Er unterschreibt dort wieder unter den Aebten als der zweite, nach „Richardus abbas S. Benedicti" [11]), worunter Mabillon [12]) wohl mit Recht den Abt Richer von Monte Cassino vermuthet. Was er weiter dort gethan, erfahren wir nicht.

Er scheint damals den ganzen Sommer in Italien zugebracht zu haben, und erst mit dem Papste zusammen über die Alpen zurückgekekrt zu sein. Am 26. September desselben Jahres nämlich „stm. papam Leonem", wie es in dem Chartularium Romani monasterii (Romain-moutier) heisst [13]), „ad has partes gallicas transiturum propter antiquam autoritatem adhuc confirmandam adduxit in hunc locum (sc. Romanum monasterium)" [14a]). Leo war über den grossen Bernhard aus Italien gekommen, und Romain-moutier, im Canton Waadt, etwa drei deutsche Meilen nördlich von Lausanne gelegen, war ihm da ziemlich auf dem graden Wege nach Besançon und Toul, wohin er wollte. Mit ihm kamen damals auch die Erzbischöfe Halinard von Lyon und Hugo von Besançon, so wie der Bischof Friedrich von Genf [14b]), welche alle ebenfalls auf dem Concil in Rom [14c]), und darauf auch mit ihm in dem auf dem nördlichen Theile der Strasse des grossen St. Bernhard gelegenen St. Maurice (Agaunense S. Mauritii monasterium) gewesen waren [15]), so dass man kaum zweifeln kann, dass sie erst da mit ihm aus Italien zurückkehrten. Unter diesen Umständen

---

gehalten habe „ob haereses simoniacorum ot Nicolaitarum a Galliis extirpandas."

11) Mab. An. IV. 739 (appendix 64); Mansi XIX. 771.

12) An. IV. 511 sq.

13) Mémoires et documens publiés par la société d'histoire de la Suisse romande, III. 418. Ueber die Zeit siehe ibid. p. 436 sq., wo man zugleich sieht, dass sie auch noch am 27. September in dem erwähnten Kloster waren.

14a) Dies Kloster war schon zur Zeit Abt Odo's von Cluny (927—942) an Cluny gekommen. 1. 1. p. 417.

14b) 1. 1. p. 418.

14c) Siehe oben Anm. 11.

15) Jaffé 3229.

liegt denn auch die Vermuthung nahe, dass auch Hugo von Cluny mit ihnen den Sommer in Italien zugebracht, und erst jetzt von dort zurückkehrte.

Ob Hugo den Papst dann noch weiter auf der Reise über Besançon nach Toul begleitet hat, ist ungewiss: zwar ist uns eine am 26. October desselben Jahres wahrscheinlich in Toul ausgestellte Urkunde [16]) erhalten, durch welche Leo auf sein (Hugo's) Bitten mehrere an Cluny gemachte Schenkungen bestätigt, doch geht aus derselben nicht hervor, ob Hugo noch persönlich anwesend war.

In Leo's Auftrage war es auch höchst wahrscheinlich, dass Hugo zur Herstellung des Friedens eine Reise zu dem König von Ungarn unternahm, worüber ich im folgenden Paragraphen handeln werde.

Dies sind die Nachrichten, welche mir über das Verhältniss Hugo's zu Leo IX, so wie über seine kirchliche Thätigkeit zur Zeit dieses Papstes bekannt geworden sind. Auch ohne auf die im vorigen Paragraphen erwähnte Nachricht Bonitho's über jene Zusammenkunft in Besançon Rücksicht zu nehmen, wird man doch nicht zweifeln können, dass zwischen Hugo und Leo ein ganz persönlich nahes Verhältniss bestand, und die wenigen berichteten Züge lassen uns mit Sicherheit erkennen, dass Hugo die Bestrebungen dieses Papstes mit Eifer und Hingabe unterstützte.

Papst Victor II ertheilt dem Hugo auf seine Bitte am 11. Juni 1055 durch die Hand des damaligen Cardinal-Subdiaconus Hildebrand eine ausführliche Bestätigungsurkunde über den Besitz und die Rechte Cluny's [17]). Andeutungen über das persönliche Verhältniss Hugo's zu diesem Papste finde ich jedoch darin nicht, wie mir auch sonst über Berührungen der beiden mit einander nichts bekannt geworden ist.

---

[16]) Jaffé 3225. Von dem wenigstens in Deutschland seltenen Bullarium sacri ordinis Cluniacensis ed. Symon, Lugduni 1680 fol., in welchem Jaffé dieses und mehrere andere, weiter unten zu erwähnende Schriftstücke allein gefunden hat, befindet sich ein Exemplar in der Dresdener Bibliothek.

[17]) Jaffé 3291. Unter den vielen namentlich aufgeführten Besitzungen werden 44 als Klöster bezeichnet.

An der Wirksamkeit Hildebrand's, welcher in den Jahren
1054—1056 als Legat Leo's IX und darauf Victor's II mehrfach in Gallien thätig war, und dort eine Reihe von Concilien
abhielt, scheint Hugo nicht unwesentlichen Antheil genommen,
und ihn auf seinen Wanderungen oft begleitet zu haben [18]).
In diese Zeit fällt auch ohne Zweifel jene Anwesenheit Hildebrand's in Cluny, bei der er nach der oben Seite 60 f. wörtlich
gegebenen Geschichte einmal im Capitel Jesum zur Seite Hugo's
sitzen gesehen haben soll [19]), und diese öfteren Berührungen
mögen nicht wenig dazu beigetragen haben, das innige Ein-
vernehmen zwischen beiden Männern zu begründen, welches
wir später den Gregor selbst mehrmals in seinen Briefen auf
die unzweideutigste Weise bezeugen sehen.

Papst Stephan X bestätigt am 6. März 1058 in Rom dem
Hugo auf seine Bitte die Besitzungen und Rechte Cluny's,
ebenfalls in ausführlicher Urkunde [20]).   Dass Hugo damals
selbst in Rom anwesend war, und sich diese Urkunde persönlich holte, wird schon dadurch höchst wahrscheinlich, dass er
nach dem Zeugniss der Biographen [21]) in Florenz bei Stephan's
Tode zugegen war, welcher schon am 29sten desselben Monats
erfolgte.   Ueberdies schreibt derselbe Papst „dilectissimis filiis
Cluniacensis monasterii" in einem Briefe, welcher um die Aus-
stellungszeit jener Urkunde herum verfasst sein muss (Jaffé
setzt ihn März 1058 an), unter Anderem: „Nostrum autem di-
lectissimum filium charitative nobiscum usque ad synodum reti-
nuimus" [22a]).   Obwohl die hier zu verstehende Persönlichkeit

---

[18]) cf. Pauli Bernriedensis Vit. Gregorii VII cap. 18—20 bei Watterich
I. 481; Willelmi Malmesbiriensis Gesta regum Anglorum ed. Hardy,
Londini 1840, (lib. III) §. 263—265; Mansi XIX. 838; Mab. An. IV.
552.

[19]) Auch Paul. Bernried. cap. 119 bei Watterich I. 548 erzählt diese
Geschichte, jedoch etwas anders als die Biographen Hugo's.

[20]) Jaffé 3323.   Es ist eine Erweiterung der Urkunde Victors.   Sie
führt bereits 58 Klöster (die als solche ausdrücklich bezeichnet werden)
namentlich auf, und ausserdem ist noch bei 5 Namen nicht deutlich,
ob es cellae oder villae sind.

[21]) Rain. p. 649; cf. Hild. p. 418.

[22a]) Jaffé 3325.   Es ist nur ein kurzer Brief, und, wie es scheint,

in dem Briefe sonst nicht weiter vorkommt, so unterliegt es doch in Anbetracht der oben erwähnten Ueberschrift desselben, in Anbetracht ferner, dass der Papst die betreffende Person hier, ohne sie näher zu bezeichnen, im eminenten Sinne „noster dilectissimus filius" nennt, endlich, wenn man dies Alles mit der obigen Nachricht der Biographen combinirt, keinem Zweifel, dass, wie auch Jaffé annimmt, nur Hugo hier gemeint sein kann.

Aus den citirten Worten sieht man zugleich, dass nicht etwa der Besuch der Fastensynode, welche der Papst noch vor seiner Abreise nach Tuscien in Rom abhielt, den Zweck von Hugo's Reise ausmachte. · Sie zeigen uns ebenso, dass, wie Stephan überhaupt den Cluniacensern sehr nahe stand [22b], so auch besonders zwischen ihm und Hugo sehr freundschaftliche Beziehungen bestanden, was uns noch durch die bereits angedeutete Erzählung der Biographen bestätigt wird. In Florenz nämlich sass Hugo an dem Krankenlager des Papstes, welcher „post multum cum eo habitum colloquium, ut inter manus ejus mori mereretur, Dominum exorabat." Und Hugo, „ab ipso pontifice summis precibus postea detentus, usque ad exitum ejus cum eo permansit; et corpus ejus, suis manibus lotum et funereis vestibus involutum, in sepulcro locavit" [22c].

Unter Nikolaus II sehn wir Hugo als päpstlichen Legaten. Als solcher hielt er im Jahre 1060 in Avignon „mit allen Bischöfen der ganzen Provence ein grosses Concil", auf welchem Gerardus zum Bischof von Sistéron erwählt wurde [23].

---

nur geschrieben, um die Mönche wegen des längeren Ausbleibens ihres Abtes nicht in Sorge gerathen zu lassen.

[22b] „Tam laudabili ergo monasticae philosophiae gymnasio, tamque ordinatae aciei castrorum coelestium, ut dignum est, totis praecordiis devoti . . . . confirmamus" etc. sagt er in der erwähnten Urkunde (Jaffé 3323), und in dem Briefe: „Specialem circa vos affectum charitatis habemus."

[22c] Rain. l. l.

[23] Mansi XIX. 929; vgl. den Brief Nikolaus II an Geistlichkeit und Volk von Sistéron, Jaffé 3360, in welchem ausser Hugo als Theilnehmer des Concils angegeben werden der Erzbischof von Arles und die Bischöfe von Avignon, Châlon-sur-Saône, Apt, Vaison, Digne und Die.

Auch an dem Concil zu Vienne, welches der Cardinal Stephan als Legat Nikolaus II, also in den Jahren 1059—1061 abhielt, nahm er Theil, und wir hören, dass in der dort verhandelten Angelegenheit des Klosters des heil. Julianus seine Entscheidung ganz besonders den Ausschlag gab [24]).

Im Jahre 1063 finden wir Hugo wieder in Rom, und zwar auf der grossen Synode [25]), welche Papst Alexander II nach dem 20. April [26]) dort abhielt. Er kam, um Klage zu führen über und um Schutz zu bitten gegen Bischof Drogo von Mâcon, welcher ganz gegen die Privilegien Cluny's selbst mit bewaffneter Macht in demselben bischöfliche Rechte geltend zu machen versucht hatte. Hugo erlangte, dass ihm Peter Damiani als päpstlicher Legat mitgegeben wurde [27]), theils um

---

[24]) Mab. An IV. 679: „Omnium judicio, et praecipue Hugonis abbatis Cluniacensis, decretum fuisse" etc.

[25]) Wir haben über diese Anwesenheit Hugo's in Rom, so wie über den ganzen Streit Cluny's mit Drogo von Mâcon, und die Beilegung desselben durch Peter Damiani den ausführlichen und, wie es scheint, gleichzeitigen Bericht eines Anonymus in der Bibl. Clun. p. 509 sq. (von hier auch bei Bouquet XIV. 25 sq.; Auszug bei Mansi XIX. 1025 sq.), welcher auch das Jahr angiebt. Ferner berichtet über diese Reise Hugo's nach Rom, und dass sie zum Zweck hatte, den Schutz des päpstlichen Stuhles anzurufen, dann über die Gesandtschaft des Peter Damiani und seinen Aufenthalt in Cluny, der Anon. sec. p. 460 sq., welcher jedoch über die Zeit nichts angiebt, und auch nicht, was es eigentlich war, was den Schutz des Papstes nöthig machte. — Der Streit Cluny's mit dem Bischof von Mâcon war alt. Vgl. Pignot II. 55—58.

[26]) Jaffé. Wie es scheint, fand die Synode vor dem 8. Mai Statt.

[27]) Der oben erwähnte Anonymus sagt Bibl. Clun. p. 509: „Inter caeteros Petrus Damianus Ostiensis episcopus se protinus obtulit, seseque ad subveniendum monasterio (sc Cluniacensi) .... destinavit." Dagegen schreibt Damiani selbst später an Hugo über diese Gesandtschaft: „Ad tuae jussionis imperium .... pro utilitate venerabilis monasterii tui .... Galliarum intima penetravi" (Petr. Dam. epist. VI. 2. bei Migne tom. 144 p. 372, Bibl. Clun. p. 477), und an die Mönche von Cluny, indem er von den Beschwerden jener Reise spricht: „Sancto rectori vestro, qui mihi tantae calamitatis pondus invexit ..... qui me pressura tanti laboris attrivit" etc. (epist. VI. 5 bei Migne tom. 144 p. 379, Bibl. Clun. p. 484). Demnach hätte sich also Damiani nicht von selbst sogleich erboten, wie oben der Anonymus an-

einiger anderer in Gallien zu erledigender Angelegenheiten
willen, besonders aber wegen der erwähnten Sache Cluny's [28]).
Ohne Zweifel war Hugo am 10. Mai noch in Rom, an welchem Tage der Papst ihm daselbst auf sein Bitten die Besitzungen, Freiheit und Privilegien Cluny's bestätigte [29]). Nachher
aber muss er mit Damiani bald abgereist sein, denn diesem
war, wie er selbst sagt [30a]), versprochen worden, dass er am
1. August wieder zu Hause sein würde.

In Gallien angekommen berief Damiani eine Synode nach
Châlon-sur-Saône, auf welcher der Streit zwischen den Cluniacensern und Drogo beigelegt, der letztere zu einer Kirchen-
busse verurtheilt, und die immerwährende Freiheit Cluny's von
jeder anderen als der päpstlichen Gewalt aufs Neue bestätigt
wurde. Für die Zeitbestimmung dieses Concils gewinnen wir
einen Anhalt, wenn Damiani in einem Briefe an die Mönche
von Cluny, indem er von jener Legation spricht, unter Anderem sagt: „Promissum mihi est, quod in Kalendis Augusti
forem regressus ad propria, sed profligato postmodum trimestri
fere curriculo, et quanta potui celeritate cucurri, et tamen vix
quinto ante Kalendas Novembris die fontis Avellani, unde pro-
cesseram, cacumen ascendi" [30b]).

Bei dieser Gelegenheit kam Damiani auch nach Cluny.
Mit welcher Bewunderung ihn dort das ganze Leben und Trei-
ben erfüllte, mit welcher Hochachtung er fortan die Cluniacenser, mit welcher Verehrung besonders den Hugo betrach-
tete, davon geben uns die Briefe Zeugniss, die er nachher
an diesen und seine Mönche schrieb [31]). Er nennt ihn ein-

---

gab. Der Anon. sec. (p. 461), wie er gewohnt ist, die Farben dick
aufzustreichen, sagt gar: Hugo „magno labore et difficultate a latere
papae avulsum ..... Damianum obtinuit, ut sibi daretur" etc.

[28]) „Pro qua praesertim componenda devenerat." Anonymus, Bibl.
Clun. p. 510.

[29]) Jaffé 3387.

[30a]) Petr. Dam. epist. VI. 5 bei Migne tom. 144 p. 378, Bibl.
Clun. p. 484.

[30b]) Siehe die vorige Anmerkung.

[31]) epist. VI. 2. 4. 5. Dass auch epist. VI. 3 (bei Migne tom. 144
p. 373, Bibl. Clun. p. 479) an Hugo gerichtet ist, ist mir, obwohl

mal [32] „Erzengel der Mönche", und für das Verhältniss Hugo's zu Papst Alexander konnte es unmöglich ohne Einfluss sein, wenn von Jenem ein Mann so dachte, der bei dem Papst in solchem Ansehn stand, dass dieser von ihm gesagt hat: „Eo (sc. Damiano) post nos major in Romana ecclesia auctoritas non habetur .... et noster est oculus, et apostolicae sedis immobile firmamentum" [33]. Damals war es auch höchst wahrscheinlich, dass Damiani auf Ersuchen Hugo's [34] es übernahm, das Leben Abt Odilo's von Cluny zu schreiben. Nur zweierlei war ihm, wie der Anonymus secundus berichtet, in Cluny anstössig, nämlich der grosse Reichthum des Klosters, und die Fülle (copia) der Speisen [35], welche auf den Tisch der Mönche kam. Als er darum einmal den Hugo angieng, „ut a sagimine duabus saltem feriis se suspenderent, qui in caeteris tam perfecti essent, ut anachoretis nihil deberent", da soll ihm dieser geantwortet haben: „Si . . . vultis augere nobis coronam mercedis per additamentum jejunii, tentate prius nobiscum pondus laboris vel per octo dierum spatium, et deinceps aesti·mabitis, quid adjiciendum censere debeatis" [36].

Dann finden wir Hugo [37] im Jahre 1067 auf dem Concil, welches Cardinal Stephan als päpstlicher Legat in der zweiten Hälfte des März [38] in Bordeaux abhielt.

---

allerdings alles Andere dafür zu sprechen scheint, doch wegen der Worte: „O utinam mittere tibi possem, quae sanctis Cluniacensibus scripsi" nicht ganz sicher.

[32] epist. VI. 4 bei Migne tom. 144 p. 374, Bibl. Clun. p. 479. — Man darf aber bei Benutzung seiner Briefe auch nicht ausser Rechnung lassen, dass es seine Art ist, sich überschwänglich auszudrücken.

[33] Jaffé 3388.

[34] Man sehe den Anfang von Damiani's Leben Odilo's, Bibl. Clun. p. 315.

[35] Wen es interessirt, was man da ass, der findet in Udalrich's Consuetud. Clun. lib. II cap. 4 bei d'Achéry, Spicilegium (IIda ed.) I. 670 sq. eine grosse Zahl von Speisen angegeben, welche damals in Cluny auf dem Küchenzettel standen.

[36] Anon. sec. l. l.

[37] Bouquet XIV. 151.

[38] ibid. p. 84: „Cum ad concilium die Kalendas Aprilis (sic!) con-

Ebenso nahm er im folgenden Jahre (1068) an der Synode Theil, welche der päpstliche Legat Hugo Candidus in Toulouse abhielt. Unter den Aebten unterschreibt er dort zuerst [39]).

Im Frühjahr 1072 scheint Hugo wieder in Italien bei dem Papste gewesen zu sein, denn am 25. Juli dieses Jahres kam er, wie Lambert von Hersfeld [40]) berichtet, zusammen mit der Kaiserin Agnes, welche aus Italien kam, nach Worms, und „ibi ... Ruoberto Augiensi abbati Romani pontificis mandata et litteras detulit, quod scilicet apostolicae sedis anathemate de corpore ecclesiae praecisus esset, ... quod omnis ei in perpetuum ad abbatiam Augiensem ..... accessus occlusus esset; propterea quod de simoniaca heresi insimulatus, et ut objectum crimen purgaret ad sinodum secundo ac tertio vocatus, venire distulisset." Hugo muss in dieser Angelegenheit auch bei dem König seinen Einfluss geltend gemacht haben, denn Lambert fährt fort: „Ita ille compulsus a rege baculum pastoralem .... multa cum amaritudine reddidit." Ich komme im folgenden Paragraphen noch einmal auf diese Reise nach Worms zurück.

In demselben Jahre sehen wir Hugo auch auf einem Concil, welches sein Schüler, Bischof Gerald von Ostia als päpstlicher Legat in Châlon-sur-Saône abhielt. Er unterschreibt dort wieder unter den Aebten zuerst [41]).

Dass er, ebenfalls noch in demselben Jahre, den Siegfried von Mainz, welcher den Rest seines Lebens von der Welt zurückgezogen in Cluny zuzubringen wünschte, auf sein Bisthum zurückzukehren bewog, davon wird im folgenden Paragraphen weiter die Rede sein.

---

venissent." Brial, der Herausgeber dieses Bandes, versteht dies (ibid. p. 151 not. c) als „Kalendis Aprilis", indess dann wäre jene Ausdrucksweise doch höchst seltsam. Mir scheint vielmehr zwischen „die" und „Kalendas" eine Zahl ausgefallen zu sein, weshalb ich das Concil in die zweite Hälfte des März setze.

[39]) Mansi XIX. 1066, Bouquet XIV. 28.
[40]) z. J. 1072 bei Pertz, Mon. Germ. Scr. V. 191.
[41]) Mansi XX. 48.

§. 12.

Hugo's Verhältniss zu Kaiser Heinrich III und Agnes, und sein Antheil an den deutschen Angelegenheiten überhaupt in den Jahren 1049—1072.

Wir haben bereits oben Seite 76 gesehn, wie Hugo schon als Prior in Angelegenheit des Klosters Peterlingen mit dem Kaiser in Berührung kam. Diese Angelegenheit scheint doch noch nicht ganz in Ordnung gewesen zu sein, oder sich noch einmal verwickelt zu haben, denn am 4. December 1049 finden wir Hugo schon wieder bei dem Kaiser in Strassburg, wo ihm dieser auf sein Bitten eine Urkunde ausstellt, welche namentlich das genannte Kloster betrifft [1]).

Dieses Schriftstück ist zugleich für das Verhältniss Heinrich's und der Agnes zu Hugo merkwürdig: „Cujus (Hugonis) petitionem", heisst es darin, „gratanter accipientes propter antiquam familiaritatem et caritatem, quam ipse [2]) suique antecessores cum nostris praedecessoribus, regibus et imperatoribus habuerunt, orando ad Dominum pro stabilitate regnorum et imperii, et salute animarum eorum, ut deinceps nobis eandem caritatem exhibeant, interveniente dilectissima contectali nostra Agnete imperatrice augusta, concedimus predicto fratri et fideli nostro" etc. In den letzten Worten zieht Giesebrecht [3]) das „nostro" auch zu „fratri" — was ja auch grammatisch durchaus möglich ist — und legt in Folge dessen Gewicht darauf, dass der Kaiser den Hugo seinen Bruder nenne, ja er betont, dass Hugo in dieser Urkunde überhaupt mehrmals Bruder genannt wird [4a]). Indess wenn es da hernach „dictus frater"

---

[1]) Stumpf, Regesten der fränkischen Kaiser (die Reichskanzler II, 2) No. 2378. Dass Hugo persönlich anwesend war, wird in der Urkunde ausdrücklich gesagt: „Adiit nostram presentiam Hugo venerabilis abbas Cluniacensis coenobii" etc.

[2]) Hier ist eine Unüberlegtheit, da ja doch Hugo nicht mit Heinrich's Vorgängern in freundschaftlichen Beziehungen gestanden haben kann (vgl. oben §. 9).

[3]) Kaiserzeit, 3. Aufl., II. 384.

[4a]) Anm. zu II. 384.

heisst ohne Zusatz von „noster“, so scheint mir ∪ ∿tlich, dass man in diesem „frater“ nur die gewöhnliche Bezeichnung des Mönches zu verstehn hat, nicht, wie Giesebrecht will, einen Ausdruck ganz besonderer Zuneigung. Hieraus ergiebt sich dann auch die Erklärung des „predicto fratri et fideli nostro“, und ich halte das Zusammentreffen des „fratri“ mit „nostro“ für ein rein zufälliges und bedeutungsloses, und glaube, dass das „nostro“ nur zu „fideli“ gehört. Bezeichnend dagegen für das Verhältniss Heinrich's zu Hugo scheint mir das „fideli nostro“, d. h. dass der Kaiser auch hier seine Herrscherstellung dem Hugo gegenüber ausdrücklich hervorhebt [4b]). Es steht das ganz im Einklang mit dem Tone seines sogleich zu erwähnenden Briefes an Hugo, wo er ebenfalls trotz der intimen Beziehungen zwischen ihm und dem Abte, wie wir sie gerade aus diesem Briefe erkennen, trotz der stellenweise geradezu devoten Sprache, doch in mehreren Ausdrücken ebenfalls den Gebieter nicht verleugnet.

Weiteren Aufschluss über Hugo's Verhältniss zum deutschen Kaiserhause giebt uns ein Brief [5a]), welchen Heinrich III um den Anfang des Jahres 1051 [5b]) an ihn schrieb. Abgesehen davon, dass uns schon der ganze Ton dieses Briefes die Existenz freundschaftlicher Beziehungen zwischen Absender und Empfänger erkennen lässt, ergiebt sich daraus für unsern Gegenstand Folgendes: der Kaiser hatte dem Hugo mitgetheilt, dass er von einer Krankheit genesen, so wie, dass ihm ein

---

[4b]) Zwar lag Cluny selbst im französischen Gebiet, doch war der Abt als oberster Inhaber der zahlreichen Besitzungen der Congregation in deutschen Reichslanden, damals vorzüglich im Königreich Burgund, zugleich auch Unterthan des deutschen Kaisers.

[5a]) d'Achéry, Spicilegium (IIda ed.) III. 443. Der Abdruck bei Giesebrecht II. 685 f. ist nicht ganz sorgfältig: mehrmals sind Worte ausgelassen, welche doch in der deutschen Uebersetzung ebendaselbst S. 474 berücksichtigt sind.

[5b]) So lange nach dem 11. November 1050, dass ein nach diesem Tage vom Kaiser an Hugo gesandter Bote bereits wieder zurück sein konnte, und so lange vor dem 31. März 1051, dass Hugo nach Empfang des Briefes noch zu dem genannten Tage in Cöln eintreffen konnte.

Sohn geboren (11, November 1050) sei, und hatte ihm befohlen — er braucht gerade diesen Ausdruck („jussimus“) — zu ihm zu kommen. Hugo hatte dieser Aufforderung nicht Folge geleistet, sich vielmehr brieflich entschuldigt, die Weite der Reise als Hinderungsgrund angegeben, und im Uebrigen über die Genesung des Kaisers so wie über die Geburt des Thronerben seine innige Freude ausgesprochen. Hierauf nun ist das vorliegende Schreiben die Antwort: zunächst dankt der Kaiser für Hugo's Theilnahme an seinem Glück, und bittet ihn darauf, fort und fort mit dem Gebet für seines Hauses und des Reiches Wohl nicht nachzulassen. Hierbei fällt es auf, dass er in dem sonst ziemlich kurz gehaltenen Briefe über diese Fürbitte verhältnissmässig viel Worte macht, und das Wünschenswerthe derselben so sehr preist [6]): ich möchte glauben, dass er die Wiederherstellung seiner Gesundheit und vor Allem die so lange ersehnte Geburt eines Sohnes — offenbar die Ursachen der freudig gehobenen und zugleich religiös angeregten Stimmung dieses Briefes — zum nicht geringen Theile gerade der Fürbitte Hugo's bei Gott zuschreibt [7]). Endlich fügt er hinzu: „Quod autem pro longinquitate itineris negasti potuisse venire, sicut jussimus, quamquam gratanter tuum suscepissemus adventum, eo ignoscimus tenore, ut in pascha ad nos Coloniam venias, si est fieri possibile, quatenus, si audemus dicere, eundem puerum, de quo ita laetatus es, de sacro fonte susciperes et spiritualis pater tuae benedictionis munere signares, sicque

---

6) „Id etiam tam summopere mandamus, quam humiliter deposcimus, ut tua apud clementissimum Dominum nostrum jugiter non desit oratio pro reipublicae commodo, pro totius regni honore, pro nostra nostrorumque salute, ut divinitus nobis collata prosperitas ecclesiarum et populi totius pax possit esse et tranquillitas. Quis enim sapiens tuam orationem tuorumque non exoptet? Quis insolubili caritatis vinculo retinere non ambiat (d'Achéry: ambiget), quorum oratio tanto purior, quanto ab actibus seculi remotior, tanto dignior, quanto divinis conspectibus exstat propinquior.“ Mit Recht ändert wohl Giesebrecht das hier ganz sinnlose „ambiget“ in „ambiat.“

7) Auch der Kaiserin Agnes weiter unten zu erwähnender Brief zeigt ja eine ganz ausserordentliche Vorstellung von der Kraft des Gebetes Hugo's.

simul expiati fermento delictorum paschali solemnitate merea-
mur perfrui azymis coelestis gloriae."

Die Worte „quatenus, si audemus dicere", so wie die ganze
Art und Weise, in welcher Heinrich von diesem Gevatterstehn
spricht, deuten entschieden darauf hin, dass er in diesem Briefe
die betreffende Bitte zum ersten Male ausspricht, und man
fragt, aus welchem Grunde oder unter welchem Vorwande er
denn in dem ersten Briefe dem Hugo „befohlen" hat, zu ihm
zu kommen. Wenn Hildebert [8]), welcher überdies nur von
einer einmaligen Einladung des Kaisers weiss, und dieser gleich
die Gewährung seines Wunsches folgen lässt, das Gevatterstehn aber mit dieser Aufforderung zum Besuch nicht in Zusammenhang bringt, sondern so erzählt, als ob die darauf bezügliche Bitte erst bei dem Besuche selbst ausgesprochen wäre,
den Grund jener Einladung folgendermassen angiebt: „Auge-
batur sub eo (sc. Hugone) de die in diem Cluniacensis religio
coenobii, et erat odor nominis illius sicut odor agri pleni, cui
benedixit Dominus. Unde et imperator Teutonicorum, secundus
scilicet Heinricus (sc. tertius rex), ejus faciem videre et familiaritatem adipisci desiderans, ut venire dignaretur ad se sup-
plici voce postulavit. Postulantem pius pater exaudit" etc.,
so ist das ohne Zweifel nur ein Theil der Gründe, welche den
Kaiser bestimmten. Es ist nicht anzunehmen, dass dieser dem
Hugo blos um eines freundschaftlichen Besuches willen mitten im
Winter eine so weite Reise zugemuthet haben wird, dass derselbe eben der grossen Entfernung wegen seinen Wunsch ab-
schlagen konnte.

Und eine zweite, mit der vorigen eng zusammenhängende
Frage ist die, wohin der Kaiser denn wohl den Hugo das
erste Mal bestellt hat. Jedenfalls war der Ort bedeutend weiter von Cluny als Cöln, denn sonst läge ja keine Logik darin,
dass Heinrich den Hugo, nachdem dieser einmal wegen der zu
weiten Reise abgelehnt, das zweite Mal nach Cöln einlud. Nun
hielt sich der Kaiser in diesem Winter längere Zeit in Goslar
auf: erst um den 1. Januar herum brach er von dort über
Mühlhausen nach Trier auf [9]), und es ist nicht unwahrschein-

---

[8]) p. 417.   [9]) Vgl. Stumpf, Regesten.

lich, dass er zuerst Hugo's Besuch in Goslar wünschte [10]), wo
auch zu Weihnachten viele Fürsten um ihn waren, und dem
jungen Thronerben den Eid der Treue leisteten. Wollte er
nun vielleicht schon da die Taufe vollziehn [11]), und Hugo die
Pathenstelle übernehmen lassen? Aber warum sagt er dann
diesen Wunsch nicht gleich heraus? Oder wollte er dort auch
Hugo wie die anwesenden Fürsten dem Kinde durch einen Eid
der Treue verbinden? Oder wünschte er seinen Rath und die
Unterstützung seines Einflusses in anderen Angelegenheiten?
Oder lag auch vielleicht dies Alles zusammen in Heinrich's
Absicht? Es fehlt, wie mir scheint, an hinreichenden Indicien,
um auf diese Fragen zu antworten.

Der zweiten Aufforderung des Kaisers kam Hugo nach:
„Intrat Saxoniam", fährt Hildebert nach den oben angeführten
Worten fort, „summo pariter et honore suscipitur et gaudio.
Paucis ibi diebus peractis ex petitione regis filium ejus sacro
de fonte levavit (31. März 1051) [12a]), puero nomen patris im-
ponens. Celebravit autem pascha (31. März) cum imperatore
in Agripina Coloniae, Teutonicis mirantibus in juvenili adhuc
aetate caniciem morum, conversationis mansuetudinem, vultus
gratiam, verborum lenitatem. Quibus profecto virtutum indiciis
ita cum eo et cum Cluniacensi monasterio regis est anima col-
ligata, ac si rex ipse perpetuam cum eis amicitiam pepigisset.
Tandem vix impetrata redeundi licentia pastor pius ad ovile revertitur, dona deferens ampliora, quae velut quoddam dilectionis
pignus a praefato rege transmissa sunt."

Dass Hugo den Kaiser in Sachsen angetroffen, wie Hilde-
bert berichtet, wäre nicht unmöglich. Die Grenze des alten
Sachsens liegt nur etwa 6 Meilen von Cöln entfernt, und der
Kaiser, welcher sich einen grossen Theil des Märzes über in

---

[10]) Dies nimmt Gfrörer (Gregor VII, VI. 648) an. Auch Giesebrecht
(II. 473. 474), welcher allgemeiner blos Sachsen nennt, scheint dieser
Ansicht zu sein.

[11]) Dies glaubt Floto (Heinrich IV, I. 185. 186), aber allerdings,
wie schon Giesebrecht (Anm. zu II. 474) bemerkt, in Folge eines Irr-
thums, indem er nämlich in dem Briefe des Kaisers „Goslar" für
„Cöln" liest.

[12a]) Giesebrecht II. 475.

Speier aufhielt, und daselbst noch am 19. dieses Monats war [12b]), könnte von da aus in die westlichen Theile Sachsens, und, nachdem ihn Hugo hier aufgesucht, dann mit diesem zusammen nach Cöln gereist sein, wo am Ostertage, den 31. desselben Monats, die Taufe Statt fand. Indess wahrscheinlich ist es doch nicht, da der Kaiser den Hugo nach Cöln bestellt hatte. Mir scheint hier ein Mangel genauer geographischer Anschauung von Seiten Hildebert's vorzuliegen, und dieser in der That zu glauben, dass Cöln in Sachsen liege.

Nachdem Hildebert der so eben angeführten Erzählung nur noch eine kurze und ganz allgemeine Bemerkung über Hugo's Heimkehr hinzugefügt, fährt er fort [13]): „Idem (Hugo) postmodum Romani jussu pontificis in Hungariam profectus, de reformatione pacis curam gerit, suscepta prudenter insistit et explet negotia, ad laudem dei et gloriam quae sibi commissa fuerant exequutus. Unde cum pariter et gratia regis et multo donatus munere reverteretur, a quodam tyranno regionis illius captus est, his omnibus direptis, quaecunque apud suos inventa sunt preciosa." Der Beistand des heil. Majolus, den er anrief, soll ihm dann die Freiheit und alles Geraubte wiedergegeben haben.

Giesebrecht [14]) bringt diesen Bericht mit dem folgenden Wibert's von Toul [15]) in Verbindung: (Leo IX papa) „Hungariae principes, a Romano nuper imperio dissidentes, multiplicibus legatis adierat, ne detrectarent solita subjectione imperatori prisca persolvere tributa: quod et consenserunt, si praeteritorum commissorum eis concederetur indulgentia." Er bezieht Hugo's Gesandtschaftsreise demnach auf die Kämpfe zwischen Kaiser Heinrich III und König Andreas von Ungarn, und setzt sie noch in das Jahr 1051 [16]) an, natürlich nach Ostern. Obwohl

---

12b) Siehe Stumpf, Regesten.

13) p. 418.

14) II. 479 mit Anm.

15) Vita Leonis IX papae, lib. II cap. 8 bei Watterich I. 160.

16) Die Zeit von Leo's Friedensbemühungen bestimmt Wibert selbst etwas näher dadurch, dass er gleich nach den citirten Worten fortfährt: „Quapropter sancta commonente pietate coactus est (Leo) tertio antiquam patriam repetere, et pro reorum miseratione, qui contra impe-

Hildeberts Ausdruck „postmodum" sehr weit ist, und er weder
den Hugo sendenden Papst, noch den ungarischen König, noch
die zweite der beiden streitenden Partheien, zwischen denen der
Friede hergestellt werden sollte, näher bezeichnet, wüsste ich
doch nicht, wo diese diplomatische Sendung besser unterzubrin-
gen wäre. Die Bereitwilligkeit der Ungarn, sich unter der angegebenen Bedingung zu unterwerfen, wird man dann als jenen
von Hildebert erwähnten glücklichen Erfolg von Hugo's Bemühungen anzusehen haben.

Welchen Antheil der Pathe des deutschen Thronfolgers
dann ferner in den letzten Jahren von Heinrich's III Regierung an den deutschen Angelegenheiten genommen, hören wir
nun nicht weiter. Dass jedoch Hugo's Verkehr mit dem Kaiserhause ein unausgesetzt lebhafter und freundschaftlicher blieb,
darüber lässt uns ein Brief keinen Zweifel, den die Kaiserin
Agnes bald nach dem Tode ihres Gemahls (5. October 1056)
an Hugo schreibt [17]), und in welchem sie zugleich eines Briefes von diesem erwähnt — eines vor des Kaisers Tode geschriebenen, nicht etwa einer Beileidsbezeigung über diesen —
der ihr grosse Freude bereitet habe. Die Ueberschrift von
Agnes Brief ist schon sehr merkwürdig: „Dilectissimo patri et
omni acceptione digno Hugoni abbati [Agnes], quaequae modo
deo jubente sit, salutem et devotum obsequium." Dann beginnt
derselbe: „Quia in luctum versa est cithara mea, pro gaudio
gemitum, pro exultatione, quam litterae vestrae fecerant, refero
lamentabilem planctum." Hier steht offenbar „gaudio" mit „exultatione", welches durch das folgende „quam litterae vestrae
fecerant" erklärt wird, auf ganz gleicher Linie, und ist nicht
etwa als der Inhalt von Hugo's Brief zu verstehn, sondern als
die Wirkung dieses Inhalts auf das Gemüth der Kaiserin. Dies
giebt auch Giesebrecht [18]) zu, wenn er übersetzt: „Meine Leier
ist zur Trauer gestimmt, und wenn ihr mir die grösste Freude

---

rium moverant bellum, persuasoriis precibus imperiales aures expetere."
etc.

[17]) Bei Giesebrecht II. 686 (aus d'Achéry, Spicilegium, IIda editio,
III. 443). Giesebrecht setzt ihn October 1056 an.

[18]) II. 529.

durch euren Brief bereitet habt, so antworte ich euch jetzt mit
Seufzen und Wehklagen." Gleichwohl bemerkt er wenig im
Einklang hiermit noch auf derselben Seite: „Der freudenreiche
Brief des Abts, den sie (Agnes) beantwortete, scheint sich auf
Heinrich's Aussöhnung mit Gottfried bezogen zu haben." Hierbei schwebt ihm offenbar die Meinung vor, Hugo spreche in
seinem Briefe über irgend etwas seine Freude aus, und zwar,
wie er vermuthet, über die fragliche Aussöhnung; das etwas
Doppelsinnige der nicht gut gewählten Bezeichnung „freuden-
reich" scheint ihn dabei irre geleitet zu haben. Da jedoch,
wie auch Giesebrecht durch die obige Uebersetzung zugab,
wirklich im Text nur steht, der Brief Hugo's habe die Agnes
sehr erfreut, und sie würde freudig antworten, wenn ihr nicht
inzwischen so grosse Trübsal widerfahren wäre, so ist meiner
Ansicht nach kein Indicium vorhanden, welches uns auf den
Inhalt oder die Beziehung des betreffenden Schreibens Hugo's
irgend einen Schluss gestattete.

Nachher heisst es in Agnes' Briefe: „Precor, ut dominum
meum, quem diutius in carne servare noluistis, saltem orando
cum vestro conventu defunctum deo commendetis, filiumque vestrum diu sibi heredem fore ac deo dignum obtineatis, et tur-
bas, si quae contra eum in vestris vicinis partibus regni sui
orientur, etiam consilio sedare studeatis." Zeigen uns hier die
ersten Worte, wie schon die Ueberschrift des Briefes dies erkennen liess, welche ergebene Verehrerin Hugo an der Kaiserin hatte, so sehen wir zugleich aus den letzten, wie sie ihn
für einen treuen Freund ihres Hauses ansah. „Unter den be-
nachbarten Gegenden wird", wie Giesebrecht [19]) bemerkt, „das
Königreich Burgund zu verstehn sein, wo der Einfluss der Cluniacenser so gross war." Wir hören nicht, ob und wie Hugo
der letzteren Bitte der mit bangem Blick in die Zukunft schau-
enden Mutter nachkam.

Mit diesem Briefe brechen wieder unsere Nachrichten über
Hugo's Beziehungen zu dem Kaiserhause und den deutschen
Verhältnissen auf lange Zeit ab: erst zum Jahre 1072 wird uns
wieder etwas hierauf Bezügliches berichtet. Ich erwähnte schon

---

[19]) a. a. O. Anm.

im vorigen Paragraphen, dass Hugo am 25. Juli dieses Jahres zusammen mit der Kaiserin Agnes, wahrscheinlich wie sie aus Italien kommend, in Worms eintraf, wo sich damals Heinrich IV aufhielt. Ich bemerkte ferner, dass Hugo dort dem Abt Robert von Reichenau vom Papste „mandata et litteras" überbrachte, und dass Robert, vom Könige dazu gedrängt, gemäss dem päpstlichen Befehle der durch Simonie erlangten Abtwürde entsagte. Man kann fragen, ob die Ausführung dieser einen päpstlichen Bestimmung wohl der einzige Zweck dieser Sendung Hugo's gewesen ist, und es lassen sich an diese Wormser Reise mancherlei Vermuthungen anknüpfen. Ich hebe nur eins hervor: Hugo ist Heinrich's Pathe, und nicht ohne Einfluss auf ihn, wie wir doch schliessen müssen, wenn der König selbst den Abt von Reichenau nöthigt, dem durch Hugo überbrachten päpstlichen Befehle zu gehorchen. Jetzt trifft Hugo gerade zusammen mit Agnes bei Heinrich ein, und zwar bei einer Gelegenheit, wo diese nur kommt, um ihren Schwiegersohn Rudolph von Schwaben, der sie zu diesem Zwecke herbeigerufen, mit ihrem Sohne auszusöhnen. Muss man da nicht glauben, dass auch Hugo zu diesem Versöhnungswerk in irgend welcher Beziehung steht? Weitere Vermuthungen hat hier Gfrörer [20]) aufgestellt; ich verweise auf sie, ohne mir selbst darüber ein Urtheil zu erlauben.

Bei dieser Gelegenheit bestätigte auch der König am 27. Juli die Schenkung der Kirche zu Rimelingen, welche ein gewisser Hesso [21]) zur Einrichtung eines Klosters daselbst an Cluny gemacht hatte [22a]). Obwohl die Anwesenheit Hugo's aus dieser Urkunde nicht hervorgeht, darf man nach ihr doch annehmen, dass er sich an diesem Tage noch in Worms befand, wo sie ausgestellt ist.

Im September desselben Jahres war es auch, dass Erzbischof Siegfried von Mainz sich nach Cluny begab, um den Rest

---

[20]) Gregor VII, II. 332—334.

[21]) Vgl. über diesen auch Udalrici prioris Cellensis vit. post. cap. 27, bei Pertz Mon. Germ. Scr. XII. 261.

[22a]) Stumpf 2757. Der Text bei Würdtwein, Nov. subsid. dipl. VI. 246 sq. ist besser als der in der Bibl. Clun. p. 526 sq.

seines Lebens dort fern von den Geschäften der Welt zuzubringen. Bekanntlich kehrte er noch vor Ende des Jahres in sein Bisthum zurück. Ueber den Grund der so schnellen Aenderung seines Entschlusses sagt nun Lambert von Hersfeld [22b]): „Revocante eum tam clero quam populo Moguntiacensi, vix et aegre abstractus de monasterio, in natalem sancti Andreae apostoli (30. November) Mogontiam rediit, atque opus arduum quam praecipitanter arripuerat, tam praecipitanter, quoniam communi omnium sententiae obluctari non poterat, deseruit"; und Marianus Scottus [22c]): „Dum mercenarii Mogontinum episcopatum comparare vellent precio, Sigfridus in obedientia sancti Benedicti, quam abbati deberet [22d]), violenter compulsus, Mogontiam 8. Idus Decembris rediit." Diese beiden Berichte scheinen mir, abgesehen von der geringen Differenz in der Zeitangabe, einander nicht entgegenzustehen, vielmehr sich gegenseitig zu ergänzen. Wenn Lambert sagt, dass Siegfried „communi omnium sententiae obluctari non poterat", so versteht sich dabei ganz von selbst, dass, da der Erzbischof sich einmal ins Kloster begeben hatte, auch der Abt dieses Klosters in solcher Sache seine Meinung zu äussern hatte. · Ueberdies ist Marianus gerade hier ein gewichtiger Zeuge: er lebte zu dieser Zeit in Mainz [22e]), und konnte gerade hierüber sehr genau unterrichtet sein. Man muss demnach schliessen, dass Hugo in Erwägung der Gefahren, welche der Mainzer Kirche wie der Deutschlands überhaupt und der Sache der Reform drohten, wenn durch Simonie vielleicht ein völlig ungeistlich Gesinnter jenen Stuhl bestieg, sein Ansehn, ja seine Amtsbefugniss geltend machte, um den der

---

[22b]) z. J. 1072, bei Pertz Mon. Germ. Scr. V. 191.

[22c]) z. J. 1072, bei Pertz Mon. Germ. Scr. V. 560.

[22d]) cf. Lamb. l. l.: „Archiepiscopus Mogontinus . . . . in Cloniacense monasterium secessit; dimissisque his qui una venerant, abdicatis etiam omnibus quae habebat, statuit ibi deinceps privatus aetatem agere atque ab omni secularium negociorum strepitu sub voluntariae paupertatis titulo in perpetuum feriari"; An. Weissemburgenses ad a. 1072 (Pertz Mon. Germ. Scr. III. 71): „Sigfridus Mogontiae archiepiscopus, ductus spiritu, Cluniense cenobium ingressus est; qui reductus a civibus, in voto non permansit."

[22e]) Wattenbach, Deutschlands Geschichtsquellen, 2. Aufl., S. 331.

Welthändel überdrüssigen Siegfried zu bewegen, den Bitten des
Mainzer Clerus und Volkes nachzugeben, und auf seinen Platz
zurückzukehren.

Endlich habe ich hier noch hinzuzufügen, dass in Cluny
der Todestag Heinrich's III, so wie der der Agnes festlich be-
gangen wurde. Wir sehen dies aus einer Verordnung, in welcher Hugo für das Seelenheil des Königs Alphons VI von Castilien und Leon und seiner Gemahlin allerlei fromme Bestim-
mungen trifft [23]). Für Alphons selbst ordnet er dort unter Anderem an: „Anniversaria vero dies ipsius ita per omnia agatur,
sicut pro domno Henrico imperatore augusto; ad vesperas scilicet, ad officium et ad missam omnia signa tangantur, tractus
in cappis canatur [24]), ... duodecim pauperes reficiantur,

---

[23]) Bei d'Achéry, Spicilegium (IIda ed.) III. 408 und bei Aguirre,
Collectio conciliorum Hispaniae, IIda ed. (Romae 1753 sq.) IV. 436 sq.
Aguirre setzt dieses Schriftstück in das Jahr 1070, und unter demselben Jahre erwähnt es auch Mabillon in seinen Annalen des Benedicti-
nerordens V. 31. Indess, wenn es in demselben heisst: „Dedimus ei
(sc. Alphonso regi) in ecclesia beatorum apostolorum Petri et Pauli nova
quam ipse de propriis facultatibus construxisse videtur, unum altare de
praecipuis" etc., so sieht man, dass der Bau jener prächtigen neuen
Kirche von Cluny, zu welcher Hugo am 30. September 1088 (Chronol.
abb. Clun., Bibl. Clun. p. 1621; cf. Hild. p. 431; cf. Hugonis Flav.
Chron. lib. II fol. 135 Randbemerkung, bei Pertz Mon. Germ. Scr. VIII.
470) den Grundstein legte, nicht allein schon begonnen, sondern auch
bereits zu einem relativen Abschlusse geführt war — einem relativen,
denn geweiht wurde diese Kirche erst von Papst Innocenz II im Jahre
1131 (Chronol. abb. Clun., Bibl. Clun. p. 1623), also als Alphons wie
Hugo (beide starben 1109) längst todt waren. So ein relativer Abschluss
muss im Jahre 1095 da gewesen sein, in welchem am 25. October der
Haupt- und vier andere Altäre durch Papst Urban II und mehrere Bischöfe geweiht wurden (siehe darüber Bibl. Clun. p. 518). Nach dessen Erreichung konnte Hugo wohl in der angegebenen Weise sprechen.

[24]) Hier heisst es weiter: „eadem missa ad ejus altare decantetur,
duodecim" etc. Diese Bestimmung gilt wohl nur für Alphons, welchem
Hugo, wie wir aus demselben Schriftstück ersehn, in jener neuen Basi-
lica von Cluny einen der höchsten Altäre gab, damit alle an demselben
begangenen Gottesdienste seinem Seelenheil zu Gute kämen. Schwerlich hat auch einer der Heinriche, welche hier gemeint sein können,
eine so ausserordentliche Auszeichnung in Cluny genossen.

septem diebus justitia detur, ... abundans refectio a custode ecclesiae fratribus praeparetur"; und für dessen Gemahlin: „in anniversarium ejus sicut imperatricis Agnetis agi censuimus". Allerdings ist hier nicht gesagt, der wievielte Heinrich gemeint ist, allein dass dieser Heinrich zusammen mit der Kaiserin Agnes dem Alphons und dessen Gemahlin gegenübergestellt wird, scheint mir doch kaum einen Zweifel darüber zu lassen, dass hier der Gemahl der Agnes zu verstehn ist. Auch schon der Mangel . einer näheren Bestimmung durch die Zahl scheint mir auf den Heinrich hinzudeuten, welcher den Cluniacensern am nächsten gestanden hatte. So sagt auch Udalrich in seinen Consuetudines Cluniacenses [25]) bei den Funktionen des Apocrisiarius: „Est etiam ei commissum, ut aliquos anniversarios faciat, ut v. g. Henrici imperatoris", während er an einer andern Stelle, wo er erwähnt, dass zu Gunsten Heinrich's II täglich die Portion (praebenda) eines Mönches als Almosen ausgegeben werde, ausdrücklich sagt: „pro Henrico primo imperatore" [26]).

Was es nun mit der Feier des Todestages eines Fremden in Cluny auf sich hat, das sehen wir, wenn Abt Petrus Venerabilis in einer ungefähr im Jahre 1140 ausgestellten Urkunde [27]) sagt: „Super haec omnia, quod raro cuilibet conceditur, datum est ei (Rodulfo de Perrona) et anniversarium solemne, sicut uni post imperatores et reges de majoribus amicis et benefactoribus nostris." Und nun war diese Feier auch nicht bei Jedem gleich: sie unterlag, wie wir schon aus den oben angeführten Stellen ersehn, besonderer näherer Anordnung, und so hatte Heinrich III und Agnes (so wie Alphons und seine Gemahlin) möglicherweise auch hier noch besondere Auszeichnung. Doch das entzieht sich meiner Beurtheilung.

Ich habe so die Notizen zusammengestellt, die mir über Hugo's Theilnahme an den Angelegenheiten Deutschlands in dem Zeitraum von 1049 bis 1072 bekannt geworden sind. Sie drehen sich fast sämmtlich um seine Beziehungen zu dem Kaiser-

---

25) lib. III cap. 12 bei d'Achéry, Spicilegium (IIda ed.) I. 694.
26) Ibid. lib. III cap. 24, tom. I p. 698.
27) d'Achéry, Spicilegium (IIda ed.) III. 496.

hause, welche, wie aus dem zusammengetragenen Material offenbar ist, ziemlich enge sind. Um diese richtig zu würdigen, müssen wir sie nun noch ein wenig nach Wesen und Motiven betrachten. Dabei bleibt natürlich das Verhältniss Hugo's zu Heinrich IV vorläufig aus dem Spiel.

Dass in jenen guten Beziehungen zwischen Heinrich III und Agnes einer- und Hugo andrerseits ein Stück aufrichtiger, von Berechnung freier persönlicher Freundschaft war, wird kaum einem Zweifel unterliegen. Kaiser und Kaiserin verehrten den Hugo als einen frommen Mann, oder man müsste ihre beiden Briefe für die reinste Heuchelei erklären. Hugo aber war in Cluny schon in einer gewissen traditionellen Pietät gegen das Kaiserhaus aufgewachsen, an welches ihn die Dankbarkeit für immer neue dem Kloster erwiesene Wohlthaten auch immer aufs Neue wieder ketten musste. Dazu musste er ja nothwendig den Mann schätzen, welcher, indem er den Wiederaufschwung der Kirche beförderte, dieselben Zwecke zu verfolgen schien, für die wir Hugo selbst in Reims so eifrig eintreten sahen.

Indess gewiss ist auch, dass neben der gegenseitigen persönlichen Verehrung auf beiden Seiten, und zwar auf der des Kaisers entschieden in hohem Grade, rein materielle Berechnung mit im Spiele war. Einmal nämlich, da Hugo sich eines so hohen Rufes heiligen Lebenswandels erfreute, so durfte, wer sich seine Fürbitte bei Gott zu verschaffen gewusst hatte, sich gewiss von der Wirkung derselben viel versprechen. So rechnete man damals ganz allgemein, und auch Heinrich hoffte, wenn Hugo sich bei Gott dafür verwendete, Wohlergehen im irdischen Leben und Gnade beim jüngsten Gericht zu erlangen. Wenn er z. B. in der oben erwähnten Urkunde vom 4. December 1049 sagt, er ertheile sie dem Hugo, damit dieser für die Beständigkeit seiner Herrschaft und das Heil seiner Seele zu Gott bete, so tritt die Berechnung auf Grund des Verhältnisses von Leistung und Gegenleistung deutlich hervor.

Aber nicht blos bei Gott, auch in der Welt war Hugo ein höchst einflussreicher Mann. Er hatte weitverzweigte Verbindungen; ein Heer von Mönchen, das nach Tausenden zählte, in den verschiedensten Gegenden zerstreut, und wegen der

Strenge seiner Askese eine gewaltige Macht über die Gemüther
ausübend, gehorchte seinen Befehlen. Seine Freundschaft konnte
daher auch in so manchen weltlichen Dingen sehr nützlich sein.
Wie, das sehn wir z. B. wenn die Kaiserin Agnes, wie ich
schon oben anführte, an ihn schreibt: „Precor, ut . . . . . orando . . . . filium . . . vestrum (sc. spiritualem, Henricum IV
regem) diu sibi heredem fore ac deo dignum obtineatis, et tur-
bas, si quae contra eum in vestris vicinis partibus regni sui
orientur, etiam consilio sedare studeatis."

Agnes appellirt hier an Hugo's Stellung als Pathe des jungen Heinrich, und es blickt hier klar durch — was auch ohne
diese deutlichen Worte aus der Natur der Sache nicht zu bezweifeln wäre — dass, wie die Freundschaft Heinrich's III zu
Hugo überhaupt, so ganz besonders die Wahl dieses zum Pathen des Kaisers der Zukunft, auch ihre materiell-praktischen
Zwecke hatte. Indem der Kaiser den Abt von Cluny durch
das Band der geistlichen Vaterschaft eng an den jungen Heinrich IV kettete, wollte er auch diesem die so werthvolle Stütze
von Hugo's Einfluss bei Gott und Menschen schon im Voraus
möglichst sichern. Giesebrecht [28]) meint, Heinrich habe durch
die enge Verbindung mit Cluny eine allmähliche friedliche Er-
oberung Frankreichs bezweckt, und das lässt sich hören. Für
die Geltendmachung seines imperium mundi mussten ja die Cluniacenser mit ihrem weitverzweigten Einfluss ein treffliches
Werkzeug sein. Doch möchte ich nach den angeführten Worten der Agnes glauben, dass Heinrich bei der Wahl Hugo's
zum Pathen seines Sohnes zunächst und speciell an die Siche-
rung des Königreichs Burgund gedacht hat. Das spätere Auftreten Hugo's zeigt, wie er sich sein Leben lang des Bandes
bewusst blieb, das ihn als geistlichen Vater an Heinrich IV
knüpfte.

Auf der andern Seite hatte auch Hugo als Vertreter seiner
Congregation ein Interesse, sich die Gunst des Kaisers zu gewinnen und zu erhalten. Es wird uns berichtet, dass er „non
modo religiosus, sed et cautus et prudens" [29]) war, und wo uns

---

[28]) II. 384. 385.
[29]) Siehe den bereits oben S. 89 Anm. 25 erwähnten Anonymus in
der Bibl. Clun. p. 509.

die Quellen sein Handeln mit den Motiven deutlicher erkennen lassen, fehlt es dafür nicht an Beweisen. Wie er für die religiösen und kirchlichen Bestrebungen Ciuny's unermüdlich kämpfte, so vertrat er auch mit Eifer und Geschick die materiellen Interessen seiner Congregation. Wenn er mit nicht wenigen mächtigen Fürsten intime Verbindungen unterhielt, so war die Ursache dieser Verbindungen sicher nicht blos, wie seine Biographen in ihrer einseitigen Auffassung die Sache ansehn, die Devotion jener Herren gegen den frommen Mönch, und er dabei gewiss nicht blos der Gesuchte. Man kann nicht zweifeln, dass bei dem regen Verkehr mit dem Kaiserhause auch ihm materielle Berechnung nicht fern lag.

§. 13.

Hugo's anderweitige Wirksamkeit in den Jahren 1049—1072.

Alles nun noch übrige mir bekannt gewordene und von Belang erscheinende Material über den vorliegenden Zeitabschnitt fasse ich in diesem Paragraphen ohne andere als chronologische Ordnung zusammen.

Zuerst habe ich hier zu erwähnen, dass Hugo mit Unterstützung seines Bruders Gottfried [1]), Herrn von Semur, auf seinem väterlichen Erbtheil [2]) in Marcigny das erste [3a]) zur Congregation von Cluny gehörige Nonnenkloster erbaute. Was die Zeit anlangt, so wird die hierauf bezügliche Schenkung Gottfried's [3b]) bereits in der schon oben genannten Bestätigungsur-

---

[1]) „Ego frater Hugo Cluniacensis abbas . . . . conciliante atque juvante germano nostro D. Gaufrido Sinemurensi locum istum Marciniacum . . . . a solo fundavi construxique temporibus nostris", Bibl. Clun. not. Querc. p. 85; „fratris sui Gaufredi studio et auxilio", Rain. p. 651; siehe auch die Schenkungsurkunde Gottfried's bei Migne CLIX. 969 sq.

[2]) „In patrimonio suo", Rain. p. 651, Hild. p. 420; „in alodio proprio", Jaffé 4025.

[3a]) Hugo bezeugt dies selbst in der Imprecatio Hugonis, Bibl. Clun. p. 497.. Man bezeichnet dieses Schriftstück besser als sein Testament.

[3b]) In der betreffenden Urkunde (siehe oben Anm. 1) sagt Gottfried: Ich schenke an Cluny, „cui domnus Hugo noster germanus praeesse vi-

kunde Victor's II vom 11. Juni 1055 [3c]) erwähnt. Nach Cucherat [4]), welcher sich hier, wie es scheint, auf seine ungedruckten Quellen stützt, begann der Bau im Jahre 1056, und
war seit 1061 daselbst das Klosterleben im Gange. Warum
Hugo seine Stiftung gerade für Frauen bestimmte, sagt er uns
selbst [5]): es gab damals nur wenige Frauenklöster, und er
wünschte einem lebhaft empfundenen Bedürfniss entgegenzu-
kommen. Bald war denn auch der Zudrang dazu ein sehr
grosser, wozu allerdings nicht wenig beigetragen haben mag,
dass Hugo dieses Kloster sein Leben lang mit ganz besonderer Liebe und Fürsorge gepflegt hat, und gern und häufig dort
verweilte [6]). War doch auch seine eigene Familie zahlreich
daselbst vertreten: von seiner Mutter und seinen beiden Schwe-
stern, von seinem Bruder Gottfried und seinen Neffen Rainald
und Hugo sprach ich bereits (§ 2 u. § 9). Es waren bei Weitem
noch nicht die Einzigen aus der Verwandtschaft. Ich verweise
hier auf Cucherat [7]), welcher eingehender über Marcigny handelt, und eine Menge vornehmer Frauen aufführt, welche zu
Hugo's Zeit daselbst den Schleier nahmen.

---

detur, aliquam partem ex rebus meis, quae sitae sunt in . . . . villa
quae vocatur Marciniacus; ecclesiam scilicet, quam . . . . . ab ipsis fun-
damentis aedificare cupio, in perpetuum trado, necnon tres meas con-
deminas atque boscum meum, simulque pratum, terramque totam cul-
tam et incultam, quam ibi videor habere dominicam."

[3c]) Jaffé 3291: Wir bestätigen dir auch „Marciniacum cum omnibus
suis pertinentiis, sicut frater tuus Gauffredus sancto Petro (dem Schutz-
heiligen von Cluny) et tibi dedit." Gottfried's Urkunde ist also zwischen dem 22. Februar 1049 (Hugo's Regierungsantritt) und dem 11.
Juni 1055 ausgestellt. Irrig wird sie bei Migne um das Jahr 1080 an-
gesetzt.

[4]) Cluny au onzième siècle, p. 67.

[5]) In seinem Commonitorium ad successores suos pro sanctimoniali-
bus Marciniacensibus, Bibl. Clun. p. 494; siehe auch seine Urkunde über
Marcigny, Bibl. Clun. not. Querc. p. 85.

[6]) Vgl. Hugo's Brief an die Nonnen von Marcigny, Bibl. Clun. p.
491 sq.; ferner sein Commonitorium ad successores suos pro sanctimo-
nialibus Marciniacensibus, ibid. p. 493 sq.; endlich die Imprecatio Hugonis, ibid. p. 495 sq.

[7]) p. 67 sqq. Vgl. auch Pignot II. 31—41.

Dann ist hier von dem Frieden zu sprechen, welchen Hugo zwischen seinem Schwager Herzog Robert I von Burgund und dem Bischof Hagano von Autun zu Stande brachte. Mönch Hugo [8]) berichtet davon, und giebt zuvor seine eignen Quellen dafür an: „. . . subjungo, quae referentibus viris authenticis probata cognosco. Haec sane referunt Gaufredus de Monte sancti Vincentii et Rainaldus Eduensis, qui adhuc praesentes sunt." Darauf beginnt er seine Erzählung: „Dux Burgundiae Rotbertus Haganonem Eduorum episcopum nimia infestatione gravabat, variisque praedonum incursibus passim Burgundia laborabat. Eapropter episcopi Gaufredus Lugdunensis, Hugo Bisontinensis, Accardus Cabilonensis et Drogo Matiscensis Eduam convenerunt, magnique patrem consilii praedictum Hugonem Cluniacensem abbatem venire rogaverunt. Aderat illustrium multitudo copiosa virorum, populus confluebat infinitus, pro pace supplicans indefessis clamoribus. Adveniens ipse dux, immo tyrannus, Eduam intravit, sed fastu maligno interesse conventui recusavit. At pater Hugo, fervore charitatis concitus, tyrannum adiit, quem vehementer increpans, cunctis mirantibus tanquam ovem mitissimam secum adduxit. Episcopis autem supplicantibus, ut pater Hugo pro pace agenda loqueretur . . . . sic ait etc. Tantam mox praedicatio sancti efficaciam habuit, ut eo jubente dux ipse sui mortem filii interfectoribus condonaret, et ecclesia [9]) pacem reciperet." Die letzten Worte lassen uns einigermassen den Grund des ganzen Streites erkennen: Hagano muss mit dem Tode des Sohnes Robert's im Zusammenhang gestanden haben. Zugleich liegt darin ein Anhaltspunkt für die Bestimmung der Zeit dieser Zusammenkunft. Aus dem Chroni-

---

[8]) p. 439.

[9]) Cucherat (p. 151 not. 1) liest hier „ecclesiae", und versteht die Sache so, als ob Hugo den Herzog zur Annahme des Gottesfriedens bewogen hätte („Les derniers mots n'exprimeraient-ils pas l'acceptation de la Trève de Dieu?"). Er benutzt gleichwohl nur dieselbe Ausgabe wie ich (Bibl. Clun. p. 439), und auch in den Corrigenda zur Bibl. Clun. steht von einer solchen Aenderung nichts. Da „ecclesia" hier einen durchaus klaren Sinn giebt, so kann er sich nur verlesen haben, und seine weitere Folgerung fällt natürlich von selbst.

con breve Autissiodorense [10]) erfahren wir, dass Herzog Robert's Sohn Hugo im Jahre 1057 getödtet wurde [11]). Demnach wird man mit Brial [12]) für sicher halten können, dass jene Zusammenkunft nicht vor dem Jahre 1058 Statt fand. Genauer bestimmt Cossart [13]) die Zeit derselben auf die Jahre 1063 — 1070, und setzt sie um 1065 an. Zu Mönch Hugo's Worten „variisque praedonum incursibus passim Burgundia laborabat" vergleiche man, was in der genannten Chronik zum Jahre 1058 und zum Jahre 1060 gesagt ist.

Als ein Beispiel von Hugo's weiser und einsichtiger Handlungsweise erzählen die Biographen sein Benehmen gegenüber dem Grafen Wigo von Albon, welcher, wenn wir Brial [14]) Glauben schenken dürfen, um das Jahr 1063 in Cluny Mönch wurde. „Hic nimirum", berichtet Rainald [15]), „dum quadam die cum sancto patre (Hugone abb.) sermocinaretur, inter alia monachum se posse fieri denegavit, nisi feste seculari ad votum ut semper indui permitteretur: quod ubi vir dei audivit, et voluntati ejus acquiescendo satisfecit, et animam ejus deo lucrifecit. Nam menachus factus primum mollioribus et pretiosioribus vestibus sub cuculla indutus incedebat: deinde, cum videret fratrum humilitatem, simulque vitae vel habitus simplicitatem, se inter oves Christi quasi leonem reprehendens, sponte sua secularia et pomposa quaeque abjecit" etc.

Ferner habe ich hier zu erwähnen, wie Hugo von den Mönchen von Gross-St. Martin (heut Marmoutier) bei Tours gegen die Uebergriffe des Grafen Gottfried des Bärtigen zu Hülfe gerufen wurde. Wir haben darüber ausser dem bereits oben S. 41 f. vollständig angeführten Berichte Hildebert's [16]) noch einen in den Gesta consulum Andegavensium [17]), welche Johannes,

---

10) Bouquet XI. 292.

11) Siehe hierüber auch Du Chesne, Histoire généalogique des ducs de Bourgogne de la maison de France, Paris 1628. 4. p. 11 sq.

12) Bouquet XIV. 71 not. b.

13) Mansi XIX. 1040.

14) Bouquet XIV. 73 Anm.

15) p. 653; cf. Hild. p. 432 sq.

16) Hild. p. 429. Vgl. dazu auch oben S. 24 u. 26.

17) Bibl. Clun. not. Querc. p. 94 sq., ebenso bei Bouquet XI. 271 sq.

ein Mönch des genannten Klosters, um das Jahr 1156 [18] verfasst hat. Ohne dass ein Zusammenhang erkennbar wäre, stimmen beide mit einander überein, doch so, dass der eine hier,
der andere dort ausführlicher ist. Nur bezeichnet Hildebert den
Gottfried den Bärtigen als Grafen von Anjou, während der
Mönch Johannes ihn Graf von Tours nennt. Auf die Frage,
wer hier von beiden Recht hat, komme ich nachher zurück.

Gottfried der Bärtige nun also wollte Gross-St. Martin seiner Botmässigkeit unterwerfen, und suchte durch Feindseligkei-
ten jeder Art den neuerwählten Abt Bartholomäus zu zwingen,
ganz gegen die Rechte und Privilegien des Klosters sein Amt
von ihm zu Lehn zu nehmen. Endlich riefen die bedrängten
Mönche den Hugo zu Hülfe, welcher auch „Turonis usque fatigari non distulit, eo libentius difficultatem viae assumens, quo
idem locus a Cluniacensi disciplina monasticae religionis fundamenta susceperit. Veniens autem ad comitem, cum nihil proficeret verbis, nec amplecti genua nec advolvi pedibus erubuit" [19].
Doch Alles war vergeblich; unverrichteter Sache kehrte er nach
Cluny zurück.

Dass Gottfried Herr von Tours ist, geht auch aus Hildebert's Erzählung unzweifelhaft hervor. So ist es also falsch,
wenn dieser ihn Graf von Anjou nennt? Gottfried mit den
Beinamen Martellus und Tudites hatte zu seiner Grafschaft Anjou auch die von Tours erworben. Im Jahre 1060 starb er
ohne Kinder, setzte die Söhne seiner Schwester, Gottfried den
Bärtigen und Fulco mit dem Beinamen Richinus als Erben ein,
und nach dem Zeugniss des Mönchs Johannes [20] „Andegaviam
et Santonas Fulconi, Turoniam cum Laudonensi castro Barbato
donavit." Nun wird Gottfried der Bärtige in den verschiedenen Chroniken, welche im XI. und XII. Bande der Bouquet'-
schen Sammlung stehn, bald Graf von Tours, bald Graf von
Anjou genannt. Den scheinbaren Widerspruch löst Ordericus
Vitalis, welcher berichtet [21]: „Goisfredus Martellus Andega-

---

18) Potthast, Bibl. hist. med. aevi p. 399.
19) Hild. l. l.
20) Bouquet XI. 270.
21) Hist. eccl. lib. III cap. 6 (ed. Le Prevost, tom. II p. 92).

vensîum comes obiit, et quia liberis caruit, Goisfredo nepoti suo . . . . honorem suum reliquit"; und an einer andern Stelle [22]): „Defuncto Goisfredo Martello Andegavorum comite, successerunt ex sorore duo nepotes ejus, ... e quibus Goisfredus . . . . jure primogeniti obtinuit principatum." Demnach scheint Gottfried Martel über seine Länder so verfügt zu haben, dass Gottfried der Bärtige Erbe des Ganzen wurde, aber seinem Bruder Fulco Anjou zu Lehn geben musste, während ihm selbst zur speciellen Nutzniessung die Grafschaft Tours blieb. Dies wird noch bestätigt, wenn Ordericus Vitalis am angeführten Orte bald nachher sagt, dass Fulco sich gegen seinen Bruder „und Herrn" Gottfried empört habe, und Hugo von Fleury in seinem „liber, qui modernorum regum Francorum continet actus" berichtet [23]): „Turonensium et Andegavensium proceres suo principi Gaufrido (Barbato) bellum intulerunt". Dies zur Rechtfertigung Hildebert's.

Nun fragt es sich noch, wann die hier in Rede stehende Reise Hugo's nach Tours Statt fand. Im Jahre 1068 verlor Gottfried der Bärtige durch seinen Bruder Fulco für immer sein Land wie seine Freiheit [24]), und die Begegnung mit Hugo kann also nicht nach diesem Jahre gewesen sein. Auf der andern Seite lebte noch bis in das Jahr 1064 hinein des Bartholomäus Vorgänger, Abt Albert [25a]) von Gross-St. Martin. Höchst wahrscheinlich starb er in demselben Jahre, nicht erst im folgenden [25b]). Man wird daher diese Reise Hugo's etwa in das Jahr 1065, spätestens in das folgende zu setzen haben.

„Alio quoque tempore pacis agendae gratia praefatus pater (Hugo) cum episcopis Rocleno Cabilonensi et Drogone Matiscensi in campo venatorio pariter affuit." So berichtet Mönch Hu-

---

22) lib. IV cap. 12 (tom. II p. 258).

23) Pertz Mon. Germ. Scr. IX. 390.

24) Siehe hierüber besonders den eigenen Bericht des Fulco Richinus, bei Bouquet XI. 138, aus dem auch das Jahr sich ergiebt. Hild. l. l.: „Tamdiu . . . a . . . Fulcone detentus est in carcere, ut non prius a custodia corpus, quam spiritus a corpore solveretur."

25a) Mab. An. IV. 658.

25b) Ebendaselbst.

go [26]), ohne uns jedoch weiter die streitenden Partheien zu nennen, oder über die dort gepflogenen Verhandlungen und ihren Erfolg irgend etwas mitzutheilen. Ihm dient die Erwähnung dieser Zusammenkunft lediglich, um daran anzuknüpfen, wie Hugo dort einem Menschen den in ihm wohnenden Teufel und ein begangenes schweres Verbrechen angesehen habe u. s. w. Ueber seine Quellen für diese Nachricht sagt er: „Testes sunt qui interfuerunt, venerabiles viri Rotbertus Sedunensis et Gaufredus (de Monte sancti Vincentii), quem supraposui.‟ Da Bischof Drogo von Mâcon wahrscheinlich im Jahre 1072, jedenfalls nicht viel früher und nicht später starb [27]), und der Vorgänger des Roclenus im Bisthum von Châlon-sur-Saône, Namens Achardus, noch am 26. Januar 1070 [28]) lebte und im Amte war, so folgt, dass die hier in Rede stehende Zusammenkunft in die Jahre 1070—1072 fällt.

---

[26]) p. 440.

[27]) Man sehe die Urkunde über die Wahl eines Abtes Hugo zum Abt des Klosters des heil. Rigaldus, bei Mab. An. V. 629 (appendix 5)

[28]) Mab. An. V. 27.

Druck der Univ.-Buchdruckerei von E. A. Huth in Göttingen.

Lightning Source UK Ltd.
Milton Keynes UK
UKHW012001020822
406760UK00002B/45

9 783752 508598